賜官

馳騁縱橫五十年

劉天賜 著

序一

初識劉天賜君，於一九九五年，其時他已由電視廣播有限公司退休，半歸隱於多倫多園居為讀書寓公，半回流於香港報業為顧問清客。

但見其人鬍髯修幅如劍戟，衣袂飄逸，隱然有阮籍之叛傲；卻又言詞吞吐如珠玉，粲然有東方朔之諧趣。學品有中大新亞神采，質器有嶺南師爺餘風。後來才知道，其番禺劉族，家學淵源，兼得珠江古韻與香港殖民交匯之粹。

劉君曾經影視圈，由編劇至電視製作總監，觀戲有時，閱人無數，桃李天下，弟子江湖。喜劇滑稽，固一技精長；唯悲曲怨調，亦諸法觸通。他是香港戰後一代能將戲劇人物與生活人性，虛實交融活編即演，而又能圓貫活用，深知在命途吉凶之隙進退之道的第一人。

劉君於中文大學哲學系畢業，卻並非象牙塔內儒士，亦非桃花源中漁樵。他化哲理為戲劇，能看通人生這座舞台的台前幕後，也洞悉戲台此一道場的殘酷。於世情，若兼有莫里哀和契訶夫之智，集犬儒與幽默於一爐；於人性，隱然有王爾德與蕭伯納之澈，釀含蓄與人情在一尊。與他相交同行，凡二十年有餘，我常在傳媒的公餘、廣播的暇隙，聽他縱橫説軼事，經緯論掌故，其閱歷之漪盛，思考之慎豐，實為驚人。

於朋輩，劉天賜先生重義，可師可友；於老闆，他盡忠，宜將宜臣。不識劉翁者，有時以為他口舌乖給而圓滑，知天賜者必熟悉他底線明晰而堅毅。淺見者惑其韋小寶於外，深交的知他郭靖於內；酬酢處他時為應伯爵，唯危難時他其實是劉伯溫。入幕而輕權位，出道而無垢塵。

他的興趣廣雜：奸佞諸事，淫婦列傳，神蹟鬼物，笑料異聞，其中以微觀著，以淺證深，無不趣開朵蕊，道見雷霆。

他年屆七旬，為當代寫了無數好戲，呈現銀幕，盡皆大千虛構故事；所欠後世，堪藏名山者，唯此書之一已實錄心跡。讀此傳如閱香江七十年繁盛重演，人間半世紀哀樂環生，盡見浮雲落日、水月鏡花。昨夜話星辰，人蹤方寂寂，明日隔山嶽，世事兩茫茫，其堪喜歟，其可嘆耶？

陶傑

序二

也隨俗稱天賜的劉先生做賜官，賜官《小寶神功語錄》說：「切勿輕易發怒，發怒時不只失言，還會失態，最終會失敗。」一二十幾年前，賜官有一部講妲己等歷代紅顏的書落我手上，讀得入迷，竟沒校對，印出來白字扎人眼，糟蹋了，他也果然沒發怒。

賜官專研殭屍女巫吸血鬼，寫專欄談老千講神棍，那是上天下地的求索。教編劇、教通識，用心幾十年，滿天下的桃李都會發光。就算沒當賜官明星，他卻是暗中點亮一顆顆明星的人。本書說是他的自傳，其實也是一城影視人物的別傳，娓娓述說五台山牡丹和綠葉的枯榮。

漢朝有一個叫伏生的人，據說記性很好。秦始皇把儒坑了、書焚了，到漢文帝掌政要找記得《尚書》的人。找到伏生，都九十歲了，還可以把書背出來讓晁錯學習。總覺得賜官，也有這伏生的能耐，他博聞，而且強識。捧讀新書，就像讀《游俠列傳》，像讀《述異記》。

台前幕後伴人成長的枝葉，隨年月模糊了。賜官見識多，也記得仔細。譬如，回憶吳宇森，說暴力美學。七十年代初，導演拍女演員逃命；驀地，子彈擊中她身邊一塊大玻璃。「道具員安排了土法發射器，一枝小鋼管內藏火藥，一顆鋼珠作為子彈，鋼管口對準玻璃。」砰的一聲，女演員「面如白雪」。繪影繪聲，只覺連書頁，也落了亮晶晶幾粒玻璃碎。

有旁敲側擊的，譬如，寫成龍由《金瓶雙艷》那賣梨小販，到演滑稽功夫成名，嘉禾派他去陪着談劇本，那成龍「只住酒店，初住新世界，後住喜來登，我的房間正好是他鄰房，中間的門打開的。有時，我會闖過去，有女士圍住毛巾坐在床上。我不會說出她的名字，太令人不安了。」這不安，是有筆力的。

原來佳視在山上喧哄那幾年，賜官還和沈西城去過東京，找松本清張、三好徹、森村誠一等，要買小說的改編權拍推理劇。西城兄說得名作家錢都不要，那電視台偏短命，等劇本寫好，一場文學和戲劇盛宴，無奈未上桌竟就焦了，讀來欷歔。

記心好的賜官，當然也有錯記的小節。他命我作序，八成就是記錯了我是某一個品學兼優的，改天去報讀「大師接班人」編劇班，再跟他說說。

鍾偉民

自序

我，劉天賜，由天地圖書誠意邀請，再為他們寫一本書，一點自傳式的故事。

平生並沒有大起大落，戲劇性不劇烈；但是平生所見所遇的人相當多，且各行各業都有，尤其是影視圈、出版界。交往的名流紳士、才子佳人以至奇人異士都很多，不少是二十世紀五、六十年代顯赫之士，還有多年來相識的明星、名導、名作家等為數不少。我所遇的事，軼事居多，也可以談一些，亦相當有趣。

首先從我的家族說起。有些人或者可能聽過。例如：劉華東。

我生於香港，戰後，一九四八年春天。

當時父親在皇家天文台打政府工，職位中等。但是能寫及講英語，當時稱之為「大寫」。月薪居然有港幣千五元，算是上等收入。

我的故事便從這裏開始。

我是靠文字寫作為主要收入，也在香港傳媒界、娛樂界打滾五十年，所見所聞，所遇上的各色人等，都是讀者有頗大興趣知道的。

也因為處於香港舊式社會與新式社會的交接過渡期中，於是我體驗過開筆禮，拜祖先和孔子。我所處的家庭，又有兩個阿媽。

姑母們又是過去兩世紀中，可以讀西方護士及西式接生學的娘兒們，兼且信奉新教，自少上耶教幼稚園及主日學，兼備西方社會教育及中國傳統家教。

更多得爺爺輩都是儒家中的清朝官員，有清代兩江總督的師爺，肇慶府的同知；叔公是革命分子，廿多歲曾任廣東省多個縣長。

同父親輩的堂兄中，大有文化界的詩詞高手，如劉伯端、劉叔莊，以及三十年代在國民政府的女法官、女校長、女議員。也有姑長做了廣東省、上海市的國民政府部長。與我同輩的，有堂兄香港中文大學中文系教授劉殿爵，他是港督衛奕信的老師；政府中學名校長，劉圓爵。後輩有侄女蘇絲黃（劉高琮）。還有更加奇妙的誼親關係：劉德華是我「侄兒」，究竟怎說呢？

我的家庭故事很多，唸小學、中學的故事也很多，可說反映二十世紀五十至六十年代香港的社會環境。

我自少是極為反叛的學生，好多老師非常憎恨我、討厭我，但也有很多老師特別喜歡我，十分極端。我從各位老師口中和身教中學習了很多道理。人家從老師身上得到真傳知識，我得到的主要是道理或哲理，一一永記於心，也一一與大家分享。

還有很多補習先生，大部份都是請來看管我的人。我年幼、驕傲，對補習先生都不服氣，只有一位，我姑丈劉石心（他是最早的無政府主義者，亦是國民黨時期上海社會局長、廣州市建設局長），令我五體投地的佩服。他怎教？教甚麼？

中學時，有位詩人（戴天）老師教史地，卻講法國新浪潮電影、存在主義，令我「神魂顛倒」。另一位（蔡鐵郎）講文字學、音韻學，亦令我「眼前一亮」。這些都不是中學會考範圍，但令我對汲取知識有另類的興趣，這些啟蒙故事也會在本書詳細介紹。

至於童年至少年期所見香港的生活情景，例如：馬騮戲、點煤氣街燈、賣飛機欖、單車飛送報紙，五七年、六七年暴動所遇，以及新潮舞會等等，都會介紹。

大學生活及拍拖生活也有可以一講的，但打工掙錢過程更為多姿多采吧。二十歲，如何入商業電台寫廣播劇；作品有《故事新編》、《遊戲人間》、《十八樓C座》；曾共事的「周老闆」金剛，他的兄弟金貴、「播音皇帝」鍾偉明及祖師李我伉儷，還有年輕時的俞琤，都還有深刻印象，我會一一道來。

之後，由「大影會」（即「大學生活電影會」，由《大學生活》雜誌於一九六八年舉辦）朋友葉潔馨介紹認識周梁淑怡，許冠文、許冠傑（及許世昌世伯一家）。我怎樣做了《雙星報喜》編劇，又做電視劇《大報復》、《家變》主腦人。編過《龍虎豹》等劇集，寫過電影《林阿珍》等。亦寫過香港電台早期《獅子山下》及廉政公署宣傳劇集。主角們都是香港一代紅星，如蕭芳芳等。他們是甚麼人？大影會很多朋友，如新浪潮導演，吳宇森、許鞍華、徐克、譚家明等，我會細說與他們合作經過。

大學畢業後，在電視台及電影圈見過很多明星，如李小龍、蕭芳芳等印象；幕後如胡金銓、李翰祥共處共醉印象；電視台前輩，如蔡和平、鍾景輝、張敏儀印象。後來，由嘉禾公司鄒文懷、何冠昌聘用，跟成龍一起同行共事半年，亦認識了三毛（洪金寶），大眼（袁和平）。我會談及和他們合作的印象。

至於那時代的作家，如三蘇、倪匡、簡而清兄弟及一班同文，以及在無綫時認識了金庸，後來經常往來的經過，都會與讀者分享。

電視台工作中，紅人如沈殿霞、何守信、汪明荃、黃淑儀、李司棋、夏雨，後一輩如趙雅芝、黃杏秀等都該一講。至於有關女藝員謠言（翁美玲的自殺）、緋聞、選美會真實情況都一一介紹。

至於紅伶界，與梁醒波、鄧碧雲、鳳凰女都有些交情，亦和任白打過牌，跑過馬。也曾邀請過紅線女到港演出，軼事很多。

也曾演出過處境劇《七十三》，創作主任（第一位）許冠文如何設計一家人的角色，包括父母：劉一帆、李燕萍；大哥大嫂：熊德誠、曾勵珍；尾房住客鮑漢霖及女兒葛劍青，後來女友錢秀蓮、余安安，都記得清楚。

還有我的徒弟：王晶、吳雨、吳金鴻、區華漢、陳翹英、邵麗瓊，及後來由許冠傑介紹的司機黎彼得。他們都在此行中出人頭地啦！

由七十年代初算起，一眨眼已五十年江湖，台前幕後人與事的點點滴滴，印證我平凡又不失豐富的大半生，這許多故事，有你喜歡的吧？

劉天賜

二零一九年五月

目錄

幼年生活 42

我的青少年時代　64

下篇：黃金歲月

上篇

晨光燦爛

我的家族

母親與我（1948）

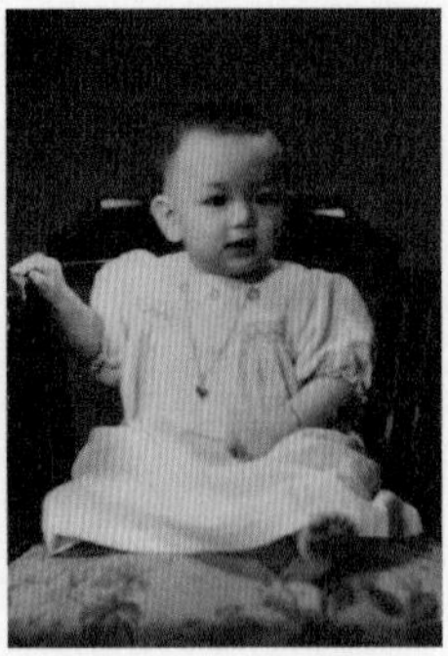
嬰孩的我（1948）

無綫電視多年前曾經拍過《一代橋王》，其中就有劉華東其人，由盧大偉飾演。劉華東是我親戚，他是我父親劉伯華的伯公。這段關係要從一本族譜說起，現存於我父親的那本，據說並不是最詳細的，起點從宋朝開始。

劉恕的故事

宋英宗命司馬光編訂一本歷史「教科書」，目的是用來教導王子、王孫中國歷史，好使以史為鑑、可知得失——這就是著名的《資治通鑑》。一千多年來，王子、儲君都讀這本《資治通鑑》，可惜大部份貴族皆枉讀呀！

司馬光找了我們祖先劉恕負責編漢朝的部份。劉恕，並不是族譜上的始祖，始祖是凝之公，諱渙，自號西澗居士，謚文莊公。

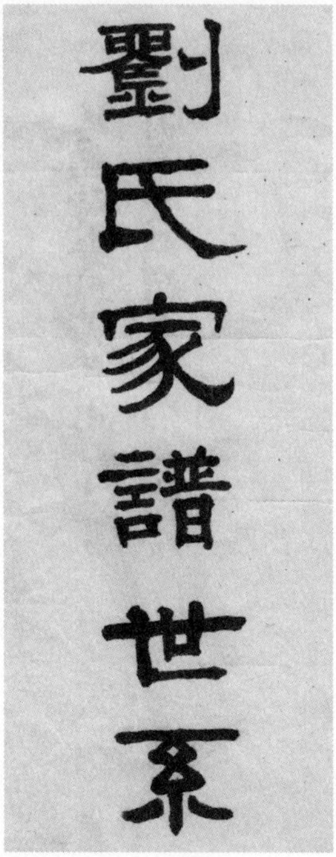

劉氏族譜

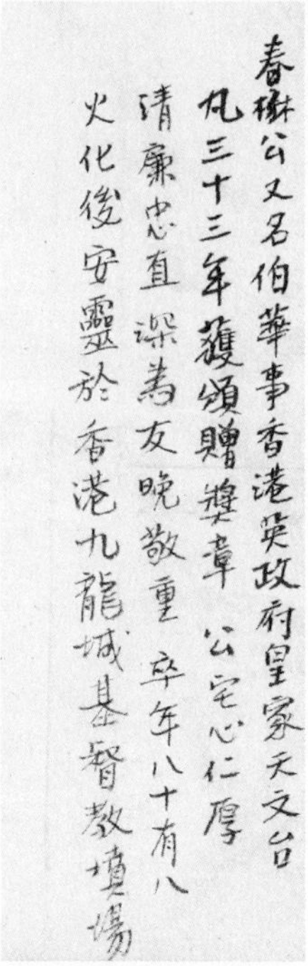

春樹公又名伯華事香港英政府皇家天文台
凡三十三年獲頒贈獎章 公宅心仁厚
清廉忠直深為友晚敬重 卒年八十有八
火化後安靈於香港九龍城基督教墳場

族譜記載家父劉伯華事蹟

族譜記載，凝之公「世居江西高安縣」（祖先是江西人），宋天聖間（一零二三—一零三二年）進士，知北直開州。為官愛民，救濟災民。後來「不善事上、棄官去隱南康之廬山」。歐陽修慕其風節，賦《廬山高》贈之，兼發內心之不滿。

凝之公的兒子劉恕，生於宋仁宗明道元年（一零三二）。族譜亦記載他的軼事：「公少聰穎，讀書一目十行。四歲，坐客有言：『孔子無兄弟者。』公應聲曰：『以其兄之子妻之』（語出《論語》）。一座驚異。」如果孔子沒有兄弟，又怎會有「其兄」？

劉恕做過甚麼官？上面記載：「未冠，舉進士，任北直鉅鹿縣主簿，遷秘書丞。」歷史又記載，劉恕篤好史學——史學精詳，司馬光雅重之，英宗治平三年（一零六六）請仝修《通鑑》，職位是「著作佐郎」，專在史局修書。後來又「發強擿伏，一時能吏，自以為學，不及，以不附安石歸。」

劉恕於元豐元年（一零七八）病逝。黃庭堅撰道原墓銘，稱其「博極群書，以史學擅名一代。……平生所著書五十四卷者，皆有事實不空言。」

劉恕性狷介，喜抨擊人。但他也曾著書自訟，稱自己平生有「二十失」、「十八蔽」，作文以自警，及時反省自己並改過，他這種「自攻其短，不捨秋毫」坦蕩的胸懷，令人肅然起敬。

這位遠祖在家史中頗有名。香港樹仁大學歷史系教授何冠環老師特別送給我有關劉恕的研究論文，節錄如下，謹供讀者參考：

劉恕年譜　李裕民

劉恕（公元一零三二—一零七八年）是北宋著名史學家，司馬光主編的史學名著《資治通鑑》，便是在劉恕和劉攽、范祖禹的協作下寫成的。劉恕實際上是全書的副主編，《通鑑》的體例是他和司馬光共同商訂的（司馬光說：「討論編次多出於恕。」），全書份量最大、最難處理的魏晉南北朝、隋和五代部份的長編，也是劉恕編寫的。司馬光說：「非恕精博，他人莫能整治。」、「史事之紛錯難治者則以誘之，光蒙成而已。」

劉恕治學態度十分嚴謹，他注意廣泛搜集材料，正史之外，「閭裏所采、私記雜說，無所不覽」、「上下數千載間，細大之事如指掌。」他還重視調查實物資料，用新發現的碑文，「正舊史之失」。

他的史學見解也有獨到之處，如舊史記載武丁夢求賢相傅說的故事。他認為武丁不是「徒以夢取」的糊塗蟲，武丁深知傅說有才，但出身低賤，一旦提拔為相，阻力很大。這才託夢求人，「如天所授，群臣莫之疑懼。而傅說之道得行也」（《通鑑外紀》卷二）。

他反對佛教，「尤不信浮屠說，以為必無是事」。這一切，使得他成為當時史學界中出類拔萃的人物，難怪司馬光對宋英宗說：「館閣文學之士誠多，至於專精史學，唯劉恕一人而已。」

劉恕的生平事蹟，人們很少知道，今特搜集材料，作《劉恕年譜》。……

劉恕，字道原，其先京兆萬年人。自言源出劉向、劉歆。六世祖度，唐末明經及第，為江西臨川令，卒官。其家人遇亂不能歸，遂葬之高安，因家焉。按北宋以高安為摘州，南宋理宗寶慶間始更為瑞州。李燾《續資治通鑑長編》卷二零八曰：「（劉）恕，均州人。」均當為綺之誤。南宋劉元高編《三劉家集》云：「今州南三十里新豐鄉（舊名垂拱鄉）銘山里，故居也。」父渙，字凝之，少有高志，精詳史學，天聖八年進士，年五十，為穎上（安徽穎上縣）令，後棄官隱居。母錢氏，吳越王元瓘之女孫，內殿崇班穆之女。初以凝之恩封壽光縣君，後以子恕恩封壽安縣君。生二子，長即劉恕，次名恪。

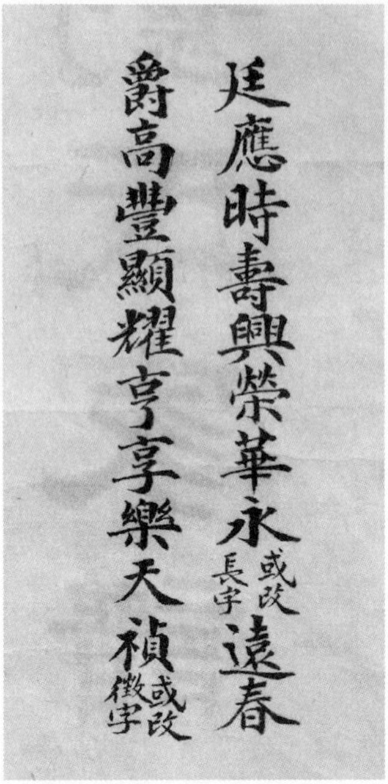

族譜輩份詩

族譜有輩份詩一首：「廷應時壽興，榮華永遠春，爵高豐顯耀，亨享樂天禎。」我同輩是「爵」字輩。此外，我只知後來遷徙到了福建，再遷到廣州市。

多年前，籍貫一欄必須填寫；故此，年少時報籍貫都寫了「番禺」，因為番禺縣就在廣州市。或稱「部屬番禺」，然而更加少人明白「部屬」是甚麼意思了。有人更美名為「遊宦番禺」，表示由北方做官，最後落籍番禺縣了。

翻看族譜，又不是虛言。一路南下，都不是耕種人，而是考了功名，做個小官、師爺之類。

劉華東——「奉革舉人」及其軼事

榮海公有五子，得養三人，即華東、華杲、華果（留意「果、杲、東」的字形結構）。劉華東是長房，我父親的太祖父劉華果是四房，故是他的太祖伯父了。

據族譜記載，劉華東是「福龍公第十一世孫」，字子旭，一字建木，號三山、三柳先生。生於乾隆三十八年（一七七三）癸巳閏三月十一日，終於道光十六年（一八三七）壬申十月二十九日寅時，享壽

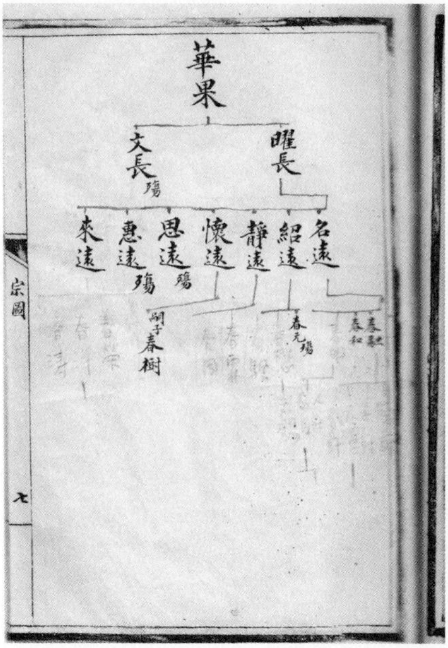

劉氏族譜劉華果世系(即筆者祖上)

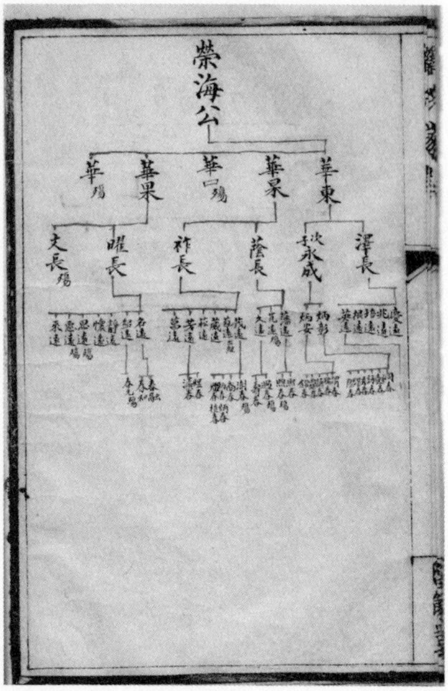

劉氏族譜榮海公世系

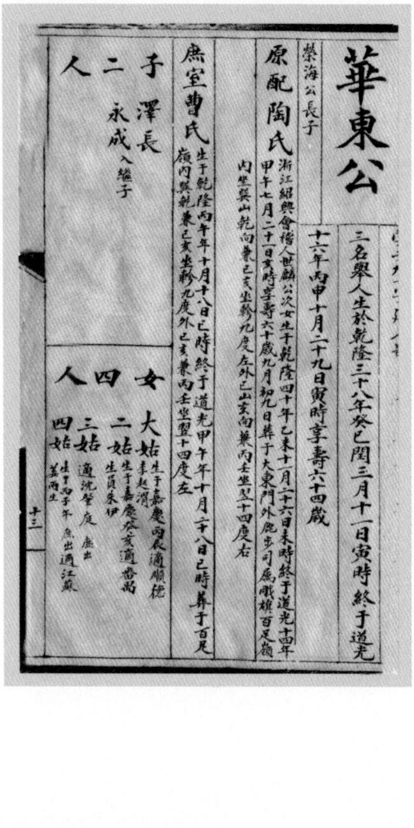
華東公

榮海公長子

三名舉人生於乾隆三十八年癸巳閏三月十一日寅時終于道光十六年丙申十月二十九日寅時享壽六十四歲

原配陶氏 浙江紹興會稽人世麟公次女生于乾隆四十年乙未十一月二十六日未時終于道光十四年甲午七月二十日亥時享壽六十歲九月初九日葬于大東門外鹿步司扇戙旗百足嶺內坐巽山乾向兼巳亥坐軫九度左外巳山亥向兼丙壬坐翌十四度右

庶室曹氏 生于乾隆丙午年十月十八日巳時終于道光甲午年十月二十八日巳時葬于百足嶺內巽乾兼巳亥坐軫九度外巳亥兼丙壬坐翌十四度左

子二人 澤長 永成入繼子

女四人 大姑生于嘉慶丙辰適順德李起渭 二姑生于嘉慶癸亥適番禺貝朱伊 三姑適沈瑩庭庶出 四姑生于丙子年庶出適江蘇姜丙生

十三

族譜記載劉華東事蹟

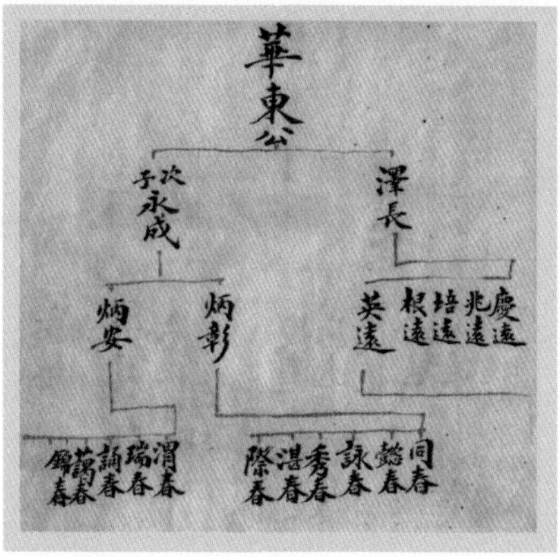

劉氏族譜劉華東世系

劉華東題寫對聯（一）

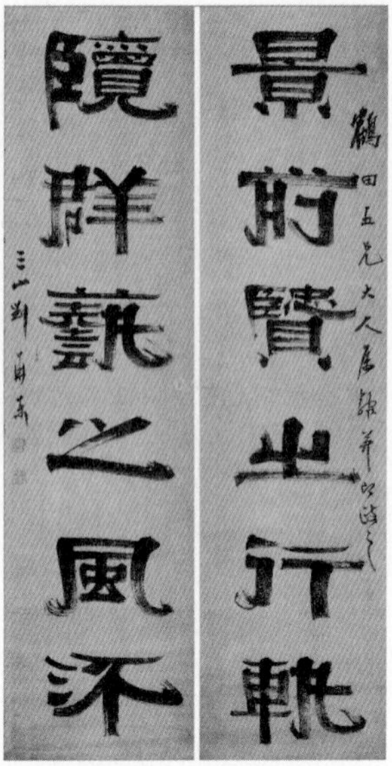

劉華東題寫對聯（二）

六十四歲。有二妻，原配陶氏、庶室曹氏，生二子四女。他曾自謂：「品學柳下惠，文學柳宗元，字學柳誠懸。」（柳公權，字誠懸，唐朝京兆華原人，大書法家。封河東郡公。公權是顏真卿的後繼者，但惟懸瘦筆法，自成一格；後世以顏柳並稱，成為歷代書法楷模，有顏筋柳骨之說。故劉華東自稱「三柳先生」。）原籍福建，因父來粵從事鹽運，便入籍番禺。為番禺邑庠生（清朝府州縣員生），中嘉慶六年（一八零一）辛酉科第三名舉人後，仍留家勤讀苦學。經常接近下層，了解民情，喜歡與販夫走卒、市井貧民交朋友。生性豪俠，喜見義勇為。作詩寫文不受羈絆，縱橫交錯，起伏跌宕，時人稱「文怪」。

劉華東同時也是清朝著名狀師，與陳夢吉、方唐鏡、何淡如合稱「廣東四大狀師」，當中又以他最老。其人其事，只要稍為涉獵粵劇藝術，當會略有知聞，最主要的是他參考崑劇《金印記》與《滿床笏》改編成粵劇名劇《六國大封相》。他的對聯作品有

《劉華東隸書八言聯》：「壯志鵬飛，寬如渤海；奇姿鵠立，峭若崑崙。」現藏於香港荔枝角公園。（荔枝角公園內有「嶺南之風」，以嶺南風格建成，由康樂及文化事務署管理。）

抗戰前麥嘯霞氏的《廣東戲劇史畧》就說劉為晚清舉人，善扭計，精刀筆，「嘗以一狀攝兩廣總督徐廣縉，使之收回壓迫十三行華商之成命」，及以扇頭當街痛擊滿清將軍等。話說嘉慶二十年（一八一五），一位以洋行買辦起家新會人盧文錦，收買當地權貴，硬要把他父親盧觀恆入祀鄉祠。民眾反對，無濟於事。劉華東知道此事，親自上書督撫反對。督撫不受，劉華東不示弱，將上書反對的那篇「檄文」題為《草茅坐論》刊印，四處散發宣傳，擴大影響（在他的年代也明白傳媒力量的重要性）。當時不少正直社會人士，都為此事來探劉華東。相約一眾共十餘人，浩浩蕩蕩去郡學鄉賢祠，焚香拜祭陳白沙神牌，宣讀祭文。眾人聲淚俱下，聯名上書。朝廷只得派大學士章煦南查問。官官相衛，硬將劉華東拘捕入獄，讓他坐了一百三十三日牢。但他毫不氣餒，從容力辯。官府沒法，只得強加不敬罪名，革去舉人銜頭釋放。從此，二十八歲的劉華東自稱「奉革舉人劉華東」，刻章為「臣本布衣」，表示對清廷的蔑視。

劉華東豪俠好義，深受鄉間群眾歡迎。如《大盜張百萬肖像》、《不可隨處小便》兩則故事，後來香港拍成電視劇，更獲廣東廣播電視台轉播。《劉華東的故事》等書，民間已經廣為流傳。他壯年時自寫《拔劍起舞圖》，中年復寫《荷鋤圖》，晚年因「抑塞無聊」寄情於醫卜星相，自號「自在菩薩」。曾一度北上京師，流連盤桓。《嶺海詩鈔》提到，劉華東寓京師時，有《贈歌者翠齡詩》七律共百首，傳誦一時，如「碧落得聞皆玉化，青洲無草不生煙」，為當時名句。惟詩多已散佚，未成專集。現存若干支，散見於《嶺南詩鈔》及陳曇的《師友錄》中。番禺舉人崔弼贈詩有「頷下明珠出渺茫，京華誰不識劉郎」句。廣州六榕寺有五言古詩四首，也是劉華東親筆贈芥馳和尚的。

電視、電影以「劉華東」事蹟為題材的也有不少。《新九品芝麻官》、《天王狀師》、《吉星報喜》等。無綫電視亦拍過類似傳記式的創作民間故事，如一九七八年的《一代橋王》，由盧大偉飾劉華東，梁醒波飾方唐鏡，江毅飾陳夢吉，關聰飾何淡如，共十三集。一九七七年四集的《扭計祖宗》及一九八四年五集的《扭計雙星》，均由葉振棠飾劉華東。其內容大都是創作，描述的是一個「顛覆權威」的所謂法治社會。

戲劇中的四大橋王，都是「狀棍」。中國清代的狀師，並不等同英式的大律師（俗稱大狀），只是憑功名及智慧為人寫「狀詞」及上衙門為他們說話。描寫狀師宋世傑（其實宋世傑反而是杜撰人物）的戲中，已看到他這樣說：「狀師運用口才，可以死都講番生」，令到主審官員啞口無言。變成一種現象就是「有錢便贏官司」，對貧窮者絕不公平。然而，社會上仍有仗義敢言的狀師，為貧窮人打官司。劉華東高大的形象就是如此。我相信，華東公確實如此，今天才會省城以至香港也流行他「行俠仗義」的故事。

當年，對所謂法庭的公義與民間的公義，能夠借傳媒曲筆批評，甚是光榮的一件事呀！

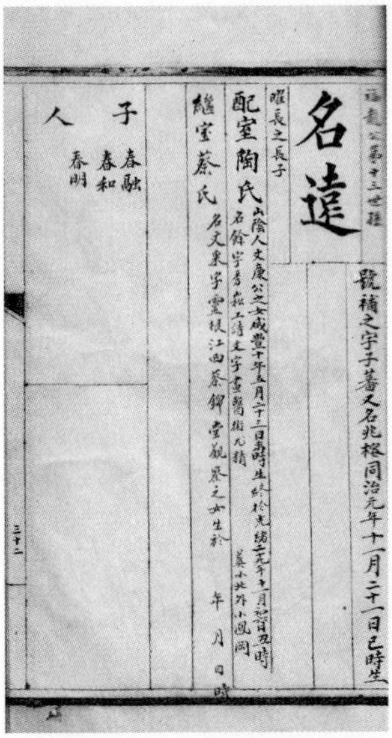

福龍公第十三世孫
名遠
曜長之長子
配室陶氏
繼室蔡氏
子 春融 春和 春明
人
龍楨之字子蕃又名兆榕同治元年十一月二十一日巳時生

劉氏族譜，名遠即劉子蕃，七兄劉殿爵教授的祖父。

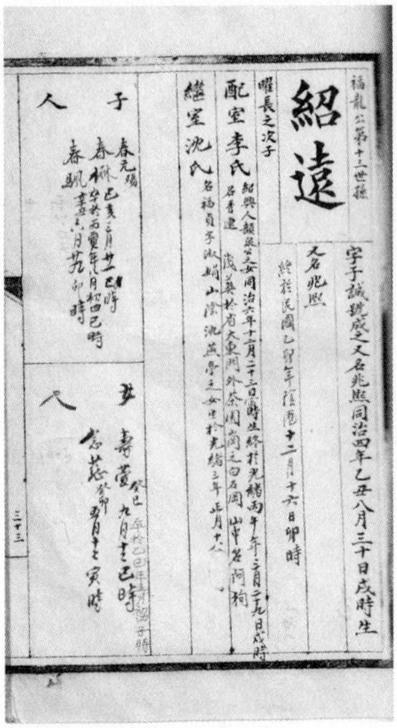

福龍公第十三世孫
紹遠
曜長之次子
配室李氏
繼室沈氏
子
人
字子誠號成之又名兆熙同治四年乙丑八月三十日戌時生

族譜記載紹遠（即祖父子誠）

五叔公劉子平

我父親的太祖父劉華果公長子曜長生七子，二子殤，只餘下：名遠（子蕃，又名兆榕）、紹遠（子誠，號成之、兆熙）、靜遠（定之）、來遠（子安，號樂之，又叫劉子平）五兄弟遊宦廣州、香江。

名遠公，即劉子蕃，便是劉伯端之父，也是劉殿爵教授的祖父。

他在兩廣總督、兩江總督張人駿衙門內任師爺（後接任督位岑春煊）。師爺便是參謀、軍師。他的鄰居，就是汪家。聽五叔公劉子平先生所言，與汪兆鏞兄弟乃「總角之交」（童年時已結交的好友），經劉子蕃作主，四女文貞　（同父異母之妹）許配給汪精衛。汪精衛是新時代人，不願盲婚啞嫁，更出走到京城，行刺攝政王不果入獄。如成事，則成為漢奸親家了。

聞少華先生的小說體文章記載了這件事，說汪精

祖父劉子誠

衛留書出走家門：「罪人既與家庭斷絕，則此關係亦隨以斷絕，請自今日始，解除婚約。」事情至此，汪兆鏞便宣佈「驅逐逆弟永離家門」，兩家互退聘物，焚燒婚約，解除了這一段「婚姻」。

很明顯，在舊社會中，廿多歲的青年下這種決定，相當困難。汪兆鏞長汪精衛三十年，自少照顧他，而他因一段小事而脫離大家庭，走上顛覆滿清的道路，願「不負少年頭」，何其豪烈！

根據族譜，福龍公是第十三世孫，字子平，號桐薪，又名劉庸。配室胡氏，紹興人，官家之女。生劉春華，適李錫朋；現由其子李子厚教授等在港尋找證據，疑乃父為盟軍潛港華人特工。李錫朋是當年劇界人物，亦是畫家（以抽象畫傳消息，在三藩市見過其畫，但不識內裏乾坤）。春華姑姐在美國音樂學院畢業，多次舉行鋼琴獨奏，是香港著名鋼琴教師，弟子有（周）梁淑怡、林小湛等。

五叔公參加辛亥革命，故廿多歲便當上廣東省數個縣的縣長，尤以三水縣政績最佳。據《番禺劉氏三世詩鈔》周策縱教授序所載，「子平與汪精衛同在癸未年生，並有同窗之誼。」

戰前，劉子平曾任金文泰港督任內之副華民政務司，時與此意裔英人「唱和」，亦與當時聞人士子遊酬（詩集中有記），後於一九四八年退休。

他是當時政府華人高官，在九龍塘公爵街三號有獨立花園洋房。家父父親早亡，故寄住於此，他亦曾攻讀皇仁書院（前身是中央書院）。後來華人官學生徐家祥、鄭棟才等亦聚此處。

日軍侵華期間，香港殖民政府害怕日軍藉故生事，設立「新聞檢查處」，劉子平任為處長。各大報紙均在出大版後送檢，遇有「問題」評論及報道，時間不容再寫，便會「開天窗」，即留一框空白的意思。

報人前輩鄒韜奮在一篇文章中提到：

> 香港原來沒有甚麼新聞檢查處，自從受過海員大罷工的重大打擊之後，驚於輿論作用的偉大，害怕得很，才實行新聞檢查，雖明知和英國人所自詡的「法治」精神不合，也顧不得許多了。據我們的經驗，香港新聞檢查處有幾種最通不過的文字，其一便是關於勞工問題，尤其是關於提倡勞工運動的文字。香港的新聞檢查原在吃了工潮苦頭之後才有的，他們最怕的當然是直接或間接和勞工有關係的文字。例如陶行知先生的《一個地方的印刷工人生活》那首詩，說甚麼「一家肚子餓，沒有棉衣過冬，破屋呼呼西北風，媽媽病得要死，不能送終！」這些話是他們所最怕聽的！至於那首詩的末段：「罵他他不痛，怨天也無用，也不可做夢。拳頭聯起來，碰！碰！碰！碰！」那更是他們聽了要掩耳逃避的話語！所以這首詩在香港完全被新聞檢查處抽去，後來我把它帶到上海來，才得和諸君見面。（《生活星期刊》第十二號）

五叔公既然是劉家最老的長輩、「掌門人」，他農曆生辰那天，即年三十晚，全部子侄、外甥等到福佬村道四十五號四樓賀壽。故少年時我能認識所有親戚。午後，有一碗長壽麵，然後大人們竹戰或談話。小孩子不知在說甚麼，不能答腔，很多時也不准旁聽，唯有聯群上天台燒炮竹，或偷看當年的金庸武俠小

五叔公劉子平（前右三），旁為大姑母劉紉秋；後左三為筆者。

說。飯後，眾人再向五叔公、五叔婆（是填房）拜年始返。

後來五叔公遷紅磡長春園，每夜均來漆咸大廈與父親聊天，我便在旁聆聽。很多民初故事，由此得到大概。

五叔公乃清末、民初知識分子，善古詩詞，亦好交友。在一篇致兒女信〈敬述先德留示兒孫〉中有言：「……願我子孫，居安思危，更當知今日幸福，何從而來？試思吾等不過中人之資、何德何能，得以致此？……語言：積善之家，必有餘慶；積不善之家，必有餘殃。言謂非祖先積德，垂澤後代，不可得也。」

伯父劉伯端（左二）與五叔公劉子平（左三）

劉伯端故事

我在香港中央圖書館曾見過展覽伯父劉伯端墨寶（扇面），亦得到所贈《滄海樓詞鈔》、《滄海樓詩鈔》，並得「學海書樓」贈之《番禺三世四詩人》線裝本。都是劉伯父所作古體詩詞。

年幼的我最難忘的，便是「開筆」大禮，父親劉伯華請他為我開筆。最後用《三字經》末句示教：「揚名聲，顯父母，光於前，垂於後。」（有關「開筆」，後文有記載。）

劉伯端公早年供職廣東學務公所，赴港後，除抗日戰爭時期曾短暫避廣西以外，其餘大部份人生皆在香港度過，就職於香港殖民地華民署，任文案。伯父一生好詩詞，同章士釗平輩論交，曾加盟「南社」，五十年代與廖恩燾共創「堅社」。

介紹伯父不得不錄其詞，他是公認為香港首屈一指的詞人。詞作語淺情深，婉約渾成，境界自高。當年有一首詞贈紅伶芳艷芬（梁燕芳女士），詞牌《鷓鴣天》，題為《贈梁燕芳》：

花想容光玉想聲，雲裳縹緲下層青。春風簾幕羞窺影，仙籍芙蓉艷記名。
場易散，夢難平。繞梁音斷夜凄清。憑君賺取詞人淚，一把酸辛付有情。

陶傑在我家得知劉伯端詞後，寫了一文，附加如下：

花想容光玉想聲

香港「花旦王」芳艷芬「榮獲」董特首頒授所謂「銅紫荊星章」，沒有出席領取。據説，粵劇界支持芳艷芬不出席領受特區「勳章」的決定。芳艷芬在人前給董特首吃了一隻檸檬。芳艷芬好Cool。

讓人禮讚，不一定要「表態」領受。芳艷芬給人「食檸檬」，早有紀錄。五十年前，香港一位大詩人劉伯端，就很欣賞芳艷芬，為她寫了許多詩詞。

其中一首詞，詞牌鷓鴣天，題為《贈梁燕芳》：

花想容光玉想聲，雲裳縹緲下層青。春風簾幕羞窺影，仙籍芙蓉艷記名。
場易散，夢難平。繞梁音斷夜凄清。憑君賺取詞人淚，一把酸辛付有情。

劉伯端，字景棠，番禺人，是中文大學教授劉殿爵的父親。劉伯端一生沒有做過甚麼大事，只做了殖民地華民署（也就是後來的民政署）文案（也就是中文主任），閒來寫詩、讀書、上茶樓飲茶。劉伯端在哪一家茶樓遇到芳艷芬，已經湮不可考，但聞歌心醉，填詞記述含蓄的傾慕之情，在那個時代，是很自然的。

劉伯端為芳艷芬填詞，寫了厚厚的一本出版，題為《燕芳詞冊》，還有一首滿庭芳，題為《贈歌者燕芳》：

燭黯金徽，香消銀甲，墜歡如夢堪驚。杜郎重到，相賞不勝情，依約春探池館，花枝好，低亞雲屏。空倜悵，斜行倦雁，不似舊時聲。
淒清偏感我，寒泉吊蚓，幽谷傍鶯。更一聲嗚咽，莫是霓裳換譜，人間世，誰唱誰聽。君知否，梁塵散後，殘月在虛櫺。

好像莎士比亞的十四行詩，寫給詩人愛慕的著名的黑髮女子（The Dark Lady）。情詩寫了一首又一首，對於後世，更引人入勝的是，對方收到之後，為何無動於衷？她有甚麼魅力，令一個有才華的人傾倒，為她睡不着覺，成為他的靈感之神？

這一切，今天的「狗仔隊」即使有如此修養，懂得尋訪，當事人也不會解説，雖然一個女子，渴望

與賢侄蘇絲黃合照

年幼阿蘇（蘇絲黃）

收到文采可以流傳後世的情詩，讓一切隨風而逝，留下一片空白，是好的。「人間世，誰唱誰聽」，舞台空了，歌者退場，不朽的是歌，以及在台下燈火凋零處，含淚聽歌的那個人。

據族譜所載，劉伯端大伯父家族排「春」字輩，名春融，是「福龍公第十四孫」，字韶生，光緒十三年（一八八七）十一月初三生，卒於民國五十二年（一九六三）九月三十日，享年七十六。原配范菱碧氏，能畫，而且十分精巧（雖然我未見過）。有四子：德爵（乳名和尚），一生未娶，任英文補習老師，詩人；次子壽爵從商；三子天澤（另有極感人愛情故事）在廣州終老；七子便是劉殿爵了，為香港中文大學中國語言及文學系榮休講座教授。女兒圓爵，曾任官立中學校長；另一女兒夢來從商。

這一家人男的不娶，女的不嫁，很有性格。

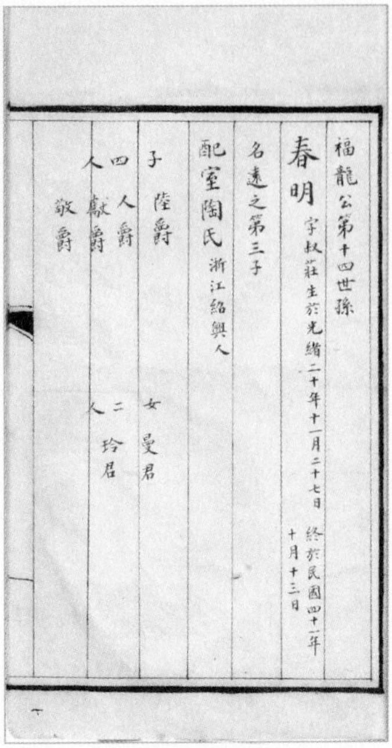
福龍公第十四世孫
春明 字叔莊 生於光緒二十年十一月二十七日 終於民國四十一年十月十三日
名遠之第三子
配室陶氏 浙江紹興人
子 蔭爵 女 曼君
四 人爵 二 玲君
人 獻爵 人
敬爵

族譜記載敬爵（即蘇絲黃父親）

上文有言《番禺三世四詩人》中除了叔父輩劉子平外，第二代有伯端、叔莊二位，第三代則有劉德爵。

劉叔莊又稱劉璣，族譜記載他是福龍公第十四孫，生於光緒二十年（一八九四），卒於民國四十一年（一九五二）。號叔莊，又號潛室，來港後任職香港教育署副視學官，抗日時亦逃離香港至澳門、桂林等地。

劉叔莊所作的詩相當深奧，蘇絲黃（名DJ，節目主持人）便是他兒子劉敬爵的小女兒，原名劉高琮。

有一宗軼事並未得到考證：劉叔莊晚年「胸痛」，似乎是血栓塞。最後竟然是在某次竹戰，自摸十三幺高興而死！

我記憶最深的，就是當年四歲的我，被帶到殯儀館致祭。小孩子不羈亂跑，闖入了很多布幕中，發現堂伯父躺在那裏，一動也不動，驚嚇甚，至今七十歲也難忘記！

劉蘅靜姑母贈照

劉蘅靜姑母（右）與宋美齡攝於南京

靜遠公的「四大天王」女兒

靜遠公的妻子陶秀蓀，是廣州女子師範學校校長。

他只有四位女兒。族譜只記載有昭姑、珍姑、愛姑、惠姑。她們在社會上另有名字，分別是嘉蕙、蘅靜、紫瑛、蕙孃。我曾到台北兩次探訪劉蘅靜姑母（一九零零—一九七九），國民政府時期她曾身為代表南京的立法議員，歷任國民大會代表，是宋美齡在南京時的密友。在解放後，他與夫婿郭威伯分開成左右政治見解不同的夫婦，與母親及妹、妹夫寓於鑽石山上元嶺一間青磚房子中，後來才遷往台北。她女兒與表兄劉天澤的戀愛故事感人。

另一位我稱四姑姐的劉蕙孃，嫁了中山人劉石心。

我讀小學六年級時，學校成績表「通紅」，

伯父劉伯端（後左一）與四姑丈劉石心（後左二）於宴席上

父親請四姑丈教我。經他解釋，才第一次將自小學四年級開始之分數理論搞通。姑丈不是監督做功課的補習老師，反而經常講歷史、文學等知識，令我茅塞頓開，少年的心充滿了探索興趣，更加強了懷疑及發掘問題之心，是我珍貴的啟蒙老師。

原來他年少時已是「無政府主義」（比共產主義更早進入中國）的信徒，後來在廣州任國民政府廣州社會局局長、廣東省銀行行長、上海社會局局長等要職。

一九六六年文革剛開始，他隨家人返北京。後來四姑丈受批，要寫報告，似乎他夫婦都熬過了。八十年代我乘上京之便，驅車至香餌胡同尋他，當時四姑姐已逝，九十多高齡老人居然認得我，並留共飯，一起討論《中國憲法》，頭腦相當清醒。因而再認識其幼子、畫家劉漢，又在三藩市認識他大兒子劉古，一位量子物理學家。

靜遠公四位女兒，劉家稱之為「四大天王」。

和簡又文秘書聊起，他們都是三十年代國內知名的女校長、法官、議員和政治活動家。

「正音」倡導者——劉殿爵教授

劉殿爵教授（一九二一—二零一零）是著名語言學家和翻譯家，一九五零年至一九七八年間在倫敦大學亞非學院任教中文及中國哲學，前後二十八年，更成為英國歷來首位出任中文講座教授的華人（一九七零—一九七八），而他在一九六三至一九七九年間翻譯成的《道德經》、《孟子》及《論語》英文版，獲國際學術界公認為標準譯本。劉教授在一九七八年回到香港中文大學執教，在中大度過三十二年教研生涯，一九八零年至一九八三年兼任文學院院長，另外在晚年為先秦兩漢和魏晉南北朝的古籍文獻編制逐字索引。

談起劉殿爵，很多人應該還記得他是提出粵語「正音」和「正讀」的最早倡導者之一。相關的正音主張引起不少爭論，學術界也始終未能達成共識。

也許這是香港廣播界一段風波。很多粵話專家都不贊成劉殿爵「正音」運動，他們都認為語言發音是約定俗成的，不必硬性遵循《廣韻》、《粵音韻彙》等文獻典籍。那時在大氣電波中大家都把時「間」（音諫）改成了時「間」（音奸），只有讓大家愕然及無所適從而已。

很多指摘都指向劉殿爵和他的學生何文匯博士，但七兄在《明報月刊》登了一篇文章解答。今天，「中文粵音正讀」的爭議已平靜了下來。當年贊成此建議的廣播處長張敏儀亦已退休了。

至於我與張敏儀女士究竟又有何親戚關係？真是難計算了。

她的外婆毛二太是父親的「好友」，聽聞與祖母家有些關係。敏儀的母親、三姨母蘭絲是我大媽媽宗教上的代女。總之是前一代的好友吧。我第一次為電視台寫「趣事」，乃在麗的呼聲。當時，她是編導林樂培的助理，節目名叫《群星會》，由黃霑及 Tammy Lo（盧景文之妹）主持。記得第一次收到的稿酬是港幣八十元正，比港視優厚很多。

再說七兄劉殿爵，八十年代我經常在沙田馬場中餐廳見到他。其實他並不喜賽馬，不過去吃中飯吧。他極愛下圍棋，將日本「本因坊」的圍棋局依序自己和自己下，從而學習。但據其友黃軒利大律師所言，他棋藝並不精湛。七兄乃典型學者，終日沉迷於書本中，不似劉家其他人喜愛打麻雀。

一次到中大崇基探望他，在教職員餐廳，他講述在一九四一年畢業那年遇上日軍佔港，香港大學停課，未能續學。光復後，大學頒戰時學位（War Time Degree）給他。我問他，近日在研究所做甚麼工作。他說，一些很麻煩的工作要自己做，雖然有兩位博士級助手。

又一次，我到中大逸夫書院宿舍探望他，門口的女傭問我，是誰來找劉教授。我答：是劉天賜。七哥由房間出來，答道：劉天賜已移民加拿大了！然後，我倆相見，在客廳聊天。見七哥已需要用輔助行動支架，身體虛弱了許多。聽聞他因柏金遜症而每天中午後要休息了。那是我最後見到他的一次。之後，我在多倫多聞其死訊。一次，在大學站見到七哥的助手朱博士，他把七兄骨灰的安放地址給我，十分感謝。

七兄全部兄弟都沒置家，長子嫡孫繼承之責，落在叔莊六子敬爵身上，他有兩子。

幼年生活

約半歲的照片

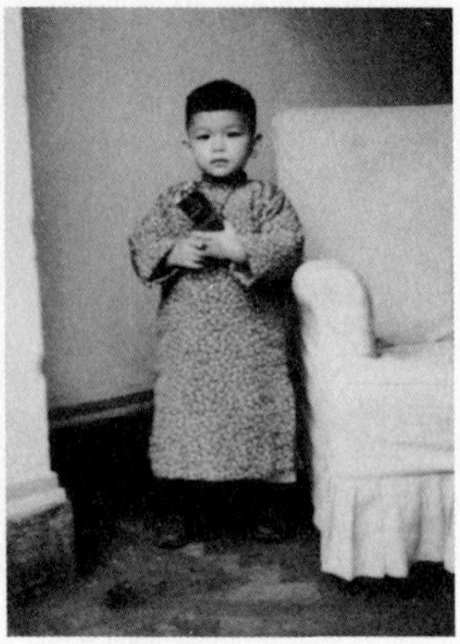

約五歲的照片

記憶裏的山林道風光

我自少便住在尖沙咀一條非常幽靜的街道——山林道。據知，那裏從前是一座大花園，後來才改為住宅房子。近街尾一個圓環旁的四十七號三樓，頭廳。這是一棟西式的樓宇，總面積有一千五百平方呎吧。父親租了頭廳，和我兩個媽媽分床居住。中間還有一個空間，可能本來是飯廳，給我大姑母居住。大姑母劉紉秋女士從來沒結婚，在廣州博濟醫院唸西醫，有當護士的材料，又是有牌的接生婆（即穩婆），所以大家都叫她「劉八姑」。

有一位富商何品森，家住跑馬地宏德街大屋，他夫人的第八胎是個男孩。有錢人家，本來可多養一個嬰孩的，可是因為迷信，認為家中不可容納「兩位男丁」，於是把幼子何樹榮抱到劉八姑家代為養

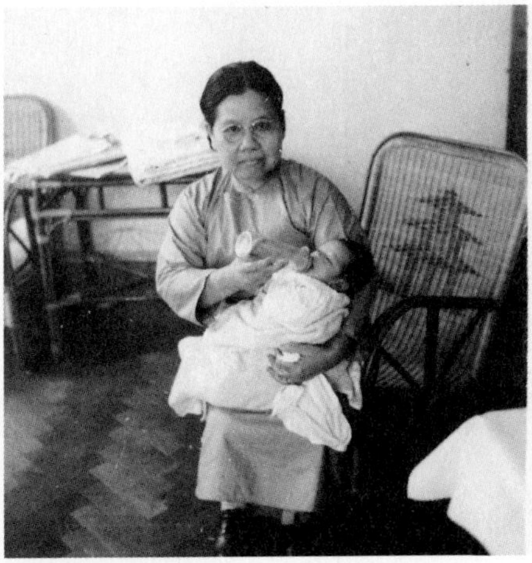

劉紉秋姑母與我

筆者九龍塘學校校服照，攝於山林道。

大。這是兒時朋友向我詳述的。據說，單是照顧嬰兒的報酬便高達港幣五百元，另付食用使費。當時昰一九四九年，可昂貴得很！何樹榮其後至九歲才回到自家呢。

中間房住的是包租夫婦傅錦泉先生、太太，他是我的契爺和契娘，在金舖做打金師傅。他們有一位老母及弟弟傅錦榕住在最後面的工人房及冷巷。尾房也住了一家人，戶主姓梁名深泉，一家幾口同睡在一張床，之後搬出去了。中間飯廳又來了一對年輕夫婦和他們的兩個小孩子。男的十分高大英俊，名廖孔艾，後來才知道其父乃飛

筆者的祖母、大姑母（劉紉秋）和姑姐。

機公司主人，到港後隱居沙田，送了一架民航機給中共政府。女的叫何綽馨，在九龍真光中學教數學，並替人補習。小朋友叫廖喬嬰、廖喬中，都很文靜，不是當時的一般街童。

在街上上演的猴戲

上世紀五十年代，很多在解放後來到香港的「外江佬」（外省人）生活艱難，於是帶一隻猴子在街上表演，總算勝於行乞。山林道街尾有個圓環，自成大笪地（一大片空地），猴戲在此上演，俗稱「馬騮戲」。

馬騮戲先由「外江佬」打響小鑼，吸引街坊，猴子才上場。猴子先在「八寶箱」取戲服，基本上有雉雞尾的武裝，再取「花槍」，光舞一輪，邊由「外江佬」打鑼鼓，營造氣氛。圍觀的人多了，猴子又會自取面具掛上扮「齊天大聖」，取小型金剛棒狂舞一輪。有善心人捐錢的時候，猴子會取面具扮「何仙姑」，穿着女裝，輕走蓮花步，唯肖唯妙。你很難相信，一隻猴子竟能做出這些「舞台動作」。

五、六歲時看過這些馬騮戲，印象至今難忘。這種街頭賣藝好戲，六十年代後在城市越來越少見了。時人用粵語講：「外江佬打死馬騮返唔到鄉下。」（外省人打死猴子不能回鄉）可知那時很多來港移民其實都盼望「返鄉下」終老的。

猴戲，是傳統市井藝術。不容易教會一隻猴子呀！我們在海洋公園只見到訓練海豚、鸚鵡做戲，卻不復見中國的猴戲，如此失傳了，可惜！

鄰家出殯

記得有一天，對面街好像是四樓，辦喪事了。首先，他們請竹棚工人在地下至四樓搭了一條竹梯，用以把那具柳州木製的棺材從窗口抬下來到街道上（想來十分危險）。後來知道，據舊時習俗，人們不願喪家的棺材經過門口，而且巨棺也不能在梯間轉彎，所以在窗外搭起幾層樓高的竹梯。大人警告孩子：不能爬上竹梯，因為有危險及不禮貌。那時，瀕死者要在大廳中躺在木板上等死，木板上鋪有新簀（蓆）。文雅的説，「易簀」，就是換蓆，是古人病重臨死時要做的，表示快要死去了。躺在大廳上死去，是謂「壽終正寢」。

到了出殯那天，擇了吉時，所有帶孝的親人，隨仵作抬的「壽木」（棺材）沿竹棚下來。這段下梯路決不好走，一步一驚心。我們小孩子無知，在騎樓幸災樂禍地觀看。

五、六十年代的出殯竹棚。

落到地下，便是路祭。有喃嘸師父（道士）唸經，有很多舞步動作，我們都不明白。總之鑼鼓喧天，道士又跳又轉，真是奇觀。之後，祭奠的人都向死者靈牌行叩拜之禮；這些不好看，行列才好瞧呢。

由主家請了兩位全身橫直帶的交通警騎電單車帶頭，隨之是「中西樂隊」，這些隊員衣衫不合身，西樂隊吹奏哀樂，中樂隊用笛子、哨吶等。再後便是三輪車載着「祭帳」、「大花牌」、「祭聯」等慢慢行。跟着的是靈牌，及多人攙扶的未亡人及孝子，人人都依規定穿不同的孝服。小孩子愛看的，只是像「操兵」那樣的出殯行列，很熱鬧，街上也有途人駐足。印象仍留在腦海中，不曾磨滅。

近廿多年，這種出殯行列已消失了，禮節也省了，再沒有人如此「大陣仗」送行了。台灣鄉間保留了這排場，加插電視劇《楚留香》的主題曲：「千山我獨行，不必相送……」，還有死者喜愛的舞娘跳舞，又是另一景況。

煤氣燈和老鼠箱

香港最後僅存的多盞煤氣燈在颱風山竹襲港時被毀了。本來在山林道口有一盞，每當夜臨時，便有工人「點燈」，打開煤氣掣，煤氣供燈燃料，長夜照街角。當年市區都是煤氣街燈，燈柱下掛有老鼠箱。香港戰前曾有過鼠疫（主流理論認為黑死病的成因是鼠疫），而歐洲人恐懼黑死病，因為中世紀時死亡人數驚天動地，只有徹底消毒才可避免，故香港鼠疫爆發時有「洗太平地」之事。後來，這些從歐洲來的老鼠爬入民居，貓也奈不何。用毒、用籠、用黏膠，殺之不盡。即使殺後，屍首才是傳播疾病的禍根，於是通街放置有消毒藥水的鐵罐，可收集鼠屍。還是小孩子時的我充滿

唸小學時攝於煤氣燈柱前

好奇心，不知裏面是甚麼，有一次終於提起膽揭開蓋一看，登時一陣古怪的味道噴出來，慌忙蓋上；但此味已滲入髮根、衣服之中，回家後家人發現，給大罵了一場。

坊間有「電燈杉掛老鼠箱」之說，諷刺拍施男女高矮懸殊（「杉」即是「杆」，指男高如「電燈杉」，女矮小如「老鼠箱」）。現在，街上可能仍有電燈杉，但「老鼠箱」則早絕跡香江多時了。

兒時朋友

上文已記，託於姑母養的有何樹榮，後來迷信榮字在下有兩把火，像火燒樹木，不好，改為何民生。何君與我一起長大，一起就讀九龍塘學校，一起上主日學，幹甚麼也一起。他們最大的兄長有一兒子，叫何家明，也短暫地託姑母養，聽聞後來考了博士學位。

另外有一位遺腹子馮家樂，養到很大才送回家。

馮家樂的母親，乃是「同屋住」何綽馨的胞姊何綽留。她是鋼琴老師，家樂自少跟她學鋼琴。我未見過有孩子比家樂更聰明，八、九歲完成第八級鋼琴考試，以最年輕的身份考「演奏級」。他母親恐防學校功課迫他，叫他別上學。最後他考入了港大醫學院，畢業做了兒科專科醫生，奇也不奇？

何民生（右）與我

主日學

山林道中間有一條小街松山道，交界有一間浸信會教堂。大姑母唸廣州博濟醫院，信了新教；四姑姐是廣州護士學校畢業，也是虔誠新教徒。只有父親是「掛名」新教徒。我自少便由大姑母奉獻給主，故此入讀街頭的浸信會幼稚園，每週日都要上主日學。但是我從來不熱心信仰，主日學照返，卻沒有「靈的感照」。我最討厭是背誦。主日學老師要孩子背誦《聖經》金句，這是難題。而且當年所用的「和合本」，譯得「翻天覆地」，難於理解及背誦。有一事，我不得不認錯，就是與何民生一起偷取捐獻錢袋的錢。捐獻時伸手入袋中，不是放下錢幣，而是拿取錢幣。沒有人發現，內心又不譴責，尚好只是一兩次而已，不知何故，以後不再偷取了。

主日學並沒有感化我，「神自有安排」這句話直到四十多歲才應驗——「安排」我研究《聖經》。初時，我看到人人都研究佛經，為何我不去研究耶教《聖經》？上網、看文字都必找中肯的說法，於我並不是信仰的研究，而是從懷疑地方入手。現在我只是一個「不可知論者」，卻多次上台「講道」。其實我説過，主要是跟隨儒家的做人道理，卻著有《基督解密》、《大話基督》、《笑話基督》、《舊約啟示錄》等。

撒溪錢

山林道住了很多粵人，農曆七月「鬼門關」大開，很多人都在街頭燒衣的。本來鬼月期間，大人不准小孩子天黑外出的，但是我們全家都信了教，不相信這些民間習俗，小孩子入黑在街頭不必害怕。我見到鄰舍燒衣，之後撒溪錢，甚至撒真的五仙輔幣。居然有街童蜂擁上前拾取。我和何民生沒有加入「搶錢隊」，因為身份自重，好好歹歹都是有媽姐照顧的「大官」（即大少爺）。大人終歸警告，這些錢幣不可取，是屬於鬼的，會找你歸還。

說到鬼，山林道早期幽靜，撞鬼並不出奇。附近多樹林，又盛傳日軍曾在安德魯教堂及天文台道下過毒手殺人，傳聞很猛鬼。可惜，我從少未遇過任何靈異的事，也沒有人願意訴說。

百發百中的奇功

靈異的事未見，超技術的事則有所目睹。那是一邊乘自行車（單車）一邊飛送報紙的絕技。當年，報紙零售價一角，訂報一月只收三塊錢，而且準時送到。派報多是小童，以飛快步伐走上樓送到訂戶門口。山林道有一送報中年人，由街頭踏自行車，以每小時五公里速度前進，一面取用橡皮筋捆實的報紙，用合適的力度拋上樓上騎樓，百發百中，一次過已派完整條街的訂報。（此時，人們日間只看《華僑日報》、《成報》，晚間多閱《星島晚報》。）

另一神射手是賣飛機欖（甘草欖）的阿哥，他把欖「飛」到三、四樓也不會失手的。只要買者擲下一兩角錢，欖便從窗口飛入，同樣百發百中，真是「奇功」也。

這些小生意亦失傳了，市井味道如今都換上了新衣服。

「麗的呼聲」想當年

上世紀五十年代，還沒有電視，人們娛樂只有收聽電台廣播。當時有「麗的呼聲」有線廣播電台，英資公司，在市區內駁接電線入屋。屋內放置一個木箱子，可收聽「銀色台」（粵語）、「金色台」（中國方言），還有「藍色台」（英語）。

最受歡迎的是戲劇化的「播音小說」。我對中國古典小說產生興趣，便在九、十歲時收聽《三國演義》、《水滸傳》和《西遊記》的播出。那時由楊普禧先生改編，生動、易明，是播音瑰寶，現在宜留存一套呀！

當年的播音小說雖由單人講述亦是十分傳神的。最記得的有：方榮老先生的《七俠五義》，說的是包公審案小說——包青天、御貓展昭、錦毛鼠白玉堂，都是民間俠義故事。又有鄧寄塵先生每天中午的半小時諧趣故事；他是位天才，又是才子和編劇能手，更懂演奏中樂，唱做俱佳。今日與他的孩子兆中、兆華等已成為好友，在此特別懷念一下這位前輩。又有胡章釗先生；我在多倫多探訪過他，講述當年請求金庸先生賣《書劍恩仇錄》播音版權之事，金庸慷慨不收分文；胡章釗得以用此武俠小說廣播，這也是我第一次接觸金庸作品。（他把紅花會十四弟余如同改稱「如同」，不致同音。）

另有李我和蕭湘的「天空小說」，不過我在麗的呼聲未聽過。後來，李我夫婦成了我老師之一，那是後話了。

最使我「追」聽的是播音劇系列《中國殺人王》。

這套書原著作者是「周白蘋」，原來是《紅綠日報》創辦人任護花本人。他是影評人、粵劇編劇、小說作家。任護花我不認識，卻與其子任忠章曾竹戰一場。《中國殺人王》講述三藩市及南加州等北美洲地區一位俠士陳查理的故事，與當時的反華惡勢力：如三K黨等歧視及欺負華人的幫會鬥爭。播音小說之吸引處在於充滿奇幻情節和動作，由陳曙光聲飾的殺人王，十分生動。（陳先生仍在世，是十分儒雅的人，一點不似五十多年前的「殺人王」。）我在九龍塘學校就讀時，同學陳約翰、梅正偉皆是該劇擁躉，大家經常談起。

現在，主要的廣播劇只剩下商業電台的《十八樓C座》，其他都取消了。幸好早年編過一些，容後再說。好一些戲劇化播音節目就此消失，幸有香港電台以「導讀」形式殘留下來，如《金瓶梅》導讀、《鹿鼎記》導讀，都是我製作的。

當年播音電台都有一個使命，就是社會教育，無形之中教化了市民大眾。大家在聽故事中，不經不覺領略了中國傳統的意識形態，知道禮貌、規矩和上下尊卑。這些做人處世態度並非書本教導的，家教以外的便是社會教育了。現在電視劇基本重衝突，已不再講社教的責任了。

開筆禮

舊時，開學的日子多選在冬季，故開筆禮和開學禮同時舉辦。我在這裏想說的是開筆儀式，不同於以前的「開冬學」。替我主持儀式的是伯父劉景堂（劉伯端）先生。

我記憶中，這天有很多事物：有鬆糕，表示「步步高升」（古時入官場望高升）；有葱，象徵聰明；有芹菜，代表口才，小子要勤力用功等。儀式開始，我要拜祖先及孔夫子，表示今後是孔夫子門生了。

小孩子但凡有新衣穿，有東西吃，拜甚麼沒所謂。完事後，尾房的傅老太太（包租契爺之母）叫我入去。她拿了一炷香，囑我在一張滿是方格數字的紙上，隨便點幾個數字。我不知是甚麼意思，亂點起來。老太太得此紙後，十分高興，放我走了。

尖沙咀幼稚園畢業（1954），中間高高瘦瘦的小男生就是筆者。

很後來我才知道她希望我的「童子手」為她點中「白鴿票」或「字花號碼」（都是流行的彩票）。她相信，那天開筆的童子會帶給她幸運。中了與否我不知道，只知道最後她隨我大媽信了天主教，是我大媽的「代女」。現在我知道，開筆禮是要拜文曲星的。但我們是信耶教的家庭，民間諸神的崇拜可免則免。

到我長女鳳之六歲時，也找了在中文大學出版社工作的何振中先生為她開筆。依俗例在簿子上寫《三字經》的「揚名聲，顯父母。光於前，垂於後」。太太又要為她抄錄一篇英文，說將來她要用英文「搵食」（餬口）。

在九龍塘學校唸小學的日子

我在九龍塘學校唸小學一、二、三年級而已，但是整個童年的記憶大部份在此。

父親認識當年的訓導主任鄭錫壽先生，故此把我送到這間學校。那是一九五四年，我記得這是一所佔地非常大的學校。入學試考幼稚園生中文生字，我完全答中了。另一所學校，九龍塘喇沙小學亦收取我，但在入學試中我答不中其中一字。我記住了，回家問父親，他說是個「腳」字。當年很少人競爭入讀名牌小學，因為不易應付入學試，而很多小孩子都沒有唸幼稚園的。

第一天上學要排隊，我記得前面一位小同學父母是明星王萊和賀賓。小朋友的名字可能是賀明吧。

這間學校戰前已成立，是金字塔頂式的磚瓦建築。記得我所在的班房是漏水的。某次考試，座位上漏水，又不懂避開，雨水於是將用毛筆所答的字化開。那時候似乎只有沾墨水的鋼筆，不是小學生用的，而自來墨水筆還沒出現。中文及其他課，用的是毛筆和墨盒，只有算術課是用鉛筆。

英文科要到三年級上學期才開辦，是學習字母的ABC班。

當時校長是葉不秋女士，穿男性長袍、男性皮鞋，戴一對圓框眼鏡。我從來不敢正視她，一聽聞「校長」二字便使腎上線素分泌激增了。每週早會，都有另外一位老師出現，在沙地（操場）集合。這位老師喜穿長袍、布鞋，拿着教鞭（小籐條），每次上台都講一段中國歷史故事如「曹植七步成詩」、「荊軻刺秦王」、「臥薪嘗膽」等，有聲有色。老人家叫劉老草，不知是綽號還是真名。

葉不秋校長（左）

自一年級始，我都在班房與班主任同食午飯（因居所太遠又沒工人送飯菜）。二年級的班主任與丈夫同住操場後山一座小磚屋中，前面有畝小田，好像用來種菜；記得我和何民生跟班主任夫婦搭食午飯，她丈夫蔡先生教導我們要吃紅菜頭，因為十分有益。

九十年代我回去九龍塘學校，校長楊女士（是我中學低年級的書友）帶我參觀。很大的操場似乎變小了。從前小一課室改成禮堂，而有古樹的花園則改成池塘花園。後面的沙地大變，老樹被白蟻蛀後早已斬去。課室裝上了空調及擴音設備。只有禮貌完全未改——這間學校很注重校風，禮貌很重要，學生出入教

重回九龍塘學校，與楊校長（中）合照。

員休息室，必行九十度鞠躬禮。遠遠見到校長、主任、老師都恭敬行禮。放學時對門工梁伯也要行禮告辭。

我們極怕一位常戴黑眼鏡的容老師，她永遠沒表情，所教的毛筆習字課很嚴格：每次須開筆，用清水洗筆，通常都使毛筆開盡，這樣很難寫字，但她不理，反要懲罰學生。

葉校長就居住在幼稚園區旁邊，那裏乃「禁區」，學生不准越雷池半步。現在知道是因為內有水井，恐學生掉進去乏人拯救。一次，九龍仔木屋區大火，見到工友從井中打水澆向鐵路。

九龍塘學校校章（1954）

聖提摩太小學上午班

聖提摩太小學一八八七年在浙江街創辦，一九五二年遷至江西街，至一九五七年始遷至鶴園街十四號。

我在九龍塘學校讀了三年後，家遷到紅磡華員會借政府錢興建的新樓——漆咸花園大廈。這時該地荒蕪，夜間仍有打更聲。我亦同時轉到重新興建的聖提摩太小學，只要交十元學費，便能讀上午班。

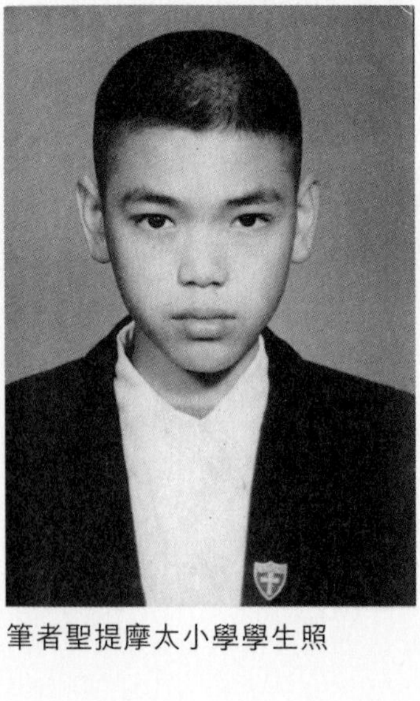
筆者聖提摩太小學學生照

我對這小學沒有多大感情，老師和同學都不及九龍塘學校的。現在學校網頁列出的舊生除了有我的名字，尚有白韻琴（白韻琹）和吳宇森，我那時倒未曾見過。

唯一記得的是校長周夢秋牧師的話。周校長來自紅磡牧愛堂，也是九龍城聖三一座堂牧師，在聖公會中確有地位。他在每個星期一的週會上都發表演講，人們都視為「講耶穌」，唯我認為最珍貴。

他說：「甚麼是休息？休息便是轉換姿勢。站得久，便坐下、躺下，就是休息。」從來沒有人這樣解釋，令我大感興趣。現在明白，牧師乃高度概括「休息」這個概念，但講給「小學雞」聽，太深奧了吧，幸我有此能力欣賞。

另外，牧師又講解「五餅二魚」的「神蹟」。

凡「神蹟」我都懷疑，牧師說：「其實當年每人來聽耶穌說道，都帶備午餐，人人都自私，沒有人願首先拿出食物來。耶穌首先拿出五餅二魚，分給大家享用，於是人人都自己拿出已準備的午餐了。最後清理時，餅碎有多筐，便是如此。」牧師所言，有節有理，當中也蘊含教訓——耶穌看到人自私的缺點，帶領大家分享。這是偉大的人格！

可是，這些十二歲前的理解和欣賞，並不為教徒所贊成。他們總認為《聖經》意思不能改動，不能以理性解經。以我小小的年紀，卻深深記住了牧師所言，凡六十年了。

聖公會辦學有劃一校訓：「非以役人，乃役於人」。當年不知何解，現在覺得是做人處世明燈。人世間，我們只會「役人」（受人服事）。除了佛祖外，我看只有耶穌才教導人要「役於人」（服事他人）。

周夢秋牧師對我影響大，我雖然不信任何宗教，但是對於宗教各種做人處世道理很欣賞。暫時不信的只有非理性的「神蹟」而已。但是，我卻又喜愛研究超自然一切。（這點容後再談。）

補習先生

自少父親便為我請補習先生，是出於一番好意。小孩子的我見其他人不用補習，只覺得很麻煩。

請來的眾多補習先生中，覺得鄰人鄧太比較好。她是私塾出身的女子，首先教陶淵明的《歸去來辭》，要我背誦。這我反而接受。因為這篇古文不是學校要考試用的。那時，我對不必考試的知識都很有興趣。要考的，反而不喜。我從小學四年級始至六年級，成績表從未完全「藍色」，默書一定不合格，但作文亦未曾試過低分。記得六年級最後的一張成績表「差不多全紅」。只有最後一位補習先生——我姑丈劉石心先生對此有解釋：「他們想劉天賜死！」何解？每一科不合格都是五十九點三分、五十九點七分，為甚麼就不給六十分（合格分數）呢？明顯地想令到我的成績表滿是紅字，升讀中學時困難很多。證明我這個學生得罪老師多，令老師討厭。

這是比較中肯的評語，在聖提摩太小學上午班不能畢業，考到青年會書院，再讀多一年「中學預備班」，另有一段新的生涯。一直以來，我都不喜補習先生，直到現在也如是。

幼年時代讀過甚麼書？

自少父親便訂了《兒童樂園》給我看，是很益智的雜誌，適合作小朋友的課外讀物。當年學生功課不太緊張，沒有甚麼課外要學要考的，如鋼琴試、皇家芭蕾舞試，也不會參加球類活動、遊學活動，課餘主要是讀課外書及發白日夢。

小學生的我有很多機會閱讀課外書籍，我有一套《小朋友世界史》，一套《中國歷史故事》，有插圖，很好看的，使我十分着迷。五、六年班時，暑假漫長，看了《西遊記》，內容很有想像力，比聽播音小說還過癮。《西遊記》第八十一回有一句：「遇方便時行方便，得饒人處且饒人。」這成了我畢生座右銘，可惜，難做到。

以上兒時看的雜誌和書籍，令我血液中產生了「愛書情意結」，至今不變，現在家中地庫存書足有近三萬本，尤喜駱曉山與梁姤之藏本。

金石大家駱曉山「黑老虎」書體

駱神（駱曉山）刻「天賜良朋」

現在，孩子們不愛看文字了。不過，看圖像及視頻還是可以吸收知識的。我認為最重要是好奇心及探索精神，想認識不知道的世界，從而找尋規律。讀書有甚麼目的？學做好一個人。知識用來酬世的不會太多，用來交友的、自娛的反而很多。

我和天文台的因緣

家父在皇仁書院（前身為「中央書院」）第三班（即今中五）畢業後，便在香港皇家天文台上班，至退休凡三十三年又三分一。日佔港前，由九龍尖沙咀轉移到港島太平山頂，據說還替天文台打密碼報天氣予周邊之英艦。後日佔，逃到澳門，仍舊出糧（支薪）。光復後，聯同其他多位同事致信英政府籲早日復台（天文台），信件及照片現存於天文台小型資料館。當時，天文台英人主管希活（Haywood）先生剛從深水埗集中營出來。希活後來成為戰後天文司，亦是家父老友，更特別在家父退休日設茶會歡送。希活退休返英，我們仍然互送聖誕禮物。

幾十年後，希活細女 Veronica 應邀返港做演講，天文台台長

重回天文台

六十年比照。小圖是
父親與我。

岑智明招呼，她說要找一位「Mr Lau」，惟天文台眾人都找不到。幸有前天文司相識，知到她是說劉伯華其人，不過已於八八年去世，只有其子（即本人）尚在。於是岑台長命人找到我，我在 Veronica 演講完後與她見面。我們兩家沒見已六十年了，印象空白，彼尚記得家父曾郵寄一個手織勾冷的坐墊（cushion）套為聖誕禮物。大家重遊天文台一號——當年的天文司官邸，並拍照留念。從此與 Veronica 成了老朋友，雖住愛爾蘭，經常在面書（Facebook）聯絡。現附記下文一事，便更清楚。

天文台的時光（劉天賜，二零一三年十一月）

童年，我住在尖沙咀山林道尾一所西式公寓的頭廳，父親在天文台上班，非常方便。五三至五四年，正值上小學，父親帶孩子到天文台寫字樓遊玩，那裏有一大片草地，後面又有些小樹林，孩子們都喜歡這塊樂土。

最重要的，是當時天文司，Mr. Heywood，他十分和藹可親，對屬下華人同事並沒有半點高高在上的殖民地長官姿態。他是一位科學家，天文學家，愛護環境生態的學者，彬彬有禮的英國紳士。他的夫人，在港迎娶的英國淑女，也是一位待人接物溫柔體貼的女士。伉儷都歡迎同事子女在天文台空地遊玩。

甲戌風災（一八七四）後，一八八三年香港天文台正式創立，責任包括天文、授時、地磁、氣象觀察及颱風警告。一九一二年英皇喬治五世御賜皇家稱號，成為 Royal Observatory, Hong Kong。今天的主樓，建於一八八三年。有一百三十年歷史了。一號宿舍，是供天文司居住的官邸。小洋房，樓下起居室，

天文台職員家屬大合照。前左八為天文司希活，二排右起第七位為家父劉伯華。

飯廳。我很微薄的記憶，似乎在飯廳長餐桌吃過天文司夫人自製的蛋糕。她該是西式糕點的好廚。大廳中央的壁爐，歐洲 art deco 風格，香港甚少見到，唯一在赤柱舊差館內，今已租給超級市場。

另一處小廳，就在一號宿舍附近，大樓的右邊地下，一個百多方呎小室，過去，下午茶在這裏舉行，下午茶是英國人生活習慣，三時十五分很準時，喝一杯熱紅茶，進一塊小點，休息一會。小朋友喜歡在這裏遊玩。當年，我只得五、六歲，無法與天文司兩個女兒溝通。那天，岑台長帶我們參觀天文台歷史室，勾起我六十年前回憶，這就是茶會接待室了。依稀，六十年前大人們的交談聲，歡笑聲，咖啡香味，蛋糕的味道一一回到我的腦袋裏！

Veronica，我已忘記了的名字，但當天文台宋文娟主任致電給我的時候，說到前天文司 Mr. Heywood 的名字，我腦海中馬上湧現他和他夫人的印象。Veronica 是他們的小女兒，當年梳了一對孖辮，她從愛爾蘭都柏林來港參加天文台一百三十週年的聚餐，與岑台長談起了 Mr. Lau，她父親在職時的舊同事。誰人知道 Mr. Lau 下落？在晚宴間，岑台長與前天文台長林超英先生提起此事，林先生確定是劉天賜的父親了，我與林台長提起過家父在天文台工作了三十三年又三分一，職位特級文員，卻做了「大管家」。

岑台長很希望我當天到場參加 Veronica 的講座及晚宴。我當然很渴望再見到一位童年朋友，感激她還記得她父親屬下一位中國員工，記得父親郵寄給她們的聖誕禮物，母親手織勾冷 cushion 套。我也記起 Mr. Heywood 送給我們的《倫敦城市畫冊》，使我未到倫敦之前已認識那裏的地標。父親和他的上司每年都互寄聖誕禮物郵包的。

那天晚上，Veronica 與我攜手走進一號宿舍，就像六十年前一起遊玩過的日子。一切都像時光倒流，沒有變化，沒有痕跡，蕩漾在空氣中是故人的感情。

與 Veronica 重遊天文司官邸

我的青少年時代

中華基督教青年會書院

一九六二年，青年會書院（Chinese YMCA College）地處敏感地帶，那是一個三角形地方，一邊是碧街，對面正是廣華醫院殮房；另一邊是東方街，直路是窩打老道。東方街很多樓上舞廳，居然有間中學在這裏，還叫做「聖良書院」。少時孤陋寡聞，以為亂改「聖XX」，原來天主教果有「聖良」此名。我們在三樓望過去，只見到兩個單位，共兩間課室，中一、中二一起上課，中三至中五共用另一間上課，可見經營艱苦。

說回母校，那時設中學預備班（Initial Training Class, ITC）。A班是「籮底橙」（程度最差），C班才是精英班。我認識的「死黨同學」

筆者中學畢業照（1967）

鄧國均老師

都是這時遇上的。老師們都被學生改了「花名」。教中文、中史和古文（此校特有一科古文）的老師姓鄧名國均，頭雖然是光禿禿的，但細心數，還有三條長長白毛在頂上。左眼是傷殘的，好像戴上假眼。恐怖吧！「花名」是光頭佬。他盲眼有段故事。他說：眼睛本來是健全的；某年放火箭，引線點燃了後卻不飛。他便蹲下一看，說時遲、那時快，火箭便飛上去，正擊到左眼。後事大家知道：光頭佬本來考國民黨空軍，只因牙齒有問題，不能參軍而已。上課時他很用心教，常有評論時事，不像現在那些家長教師會動輒提出控訴，說老師不教課文，只有「吹水」（閒聊）。

另一位教自然科的老師，花名叫「鄉下佬」，因為他不講（或不識講）廣州話，只操一口「台山音重的英語」。

教A、B、C班英語的都是洋婦，從英軍眷中請來，志在令學生聽到純正英語。

副校長花名「乞兒張」，因他名字叫 Henry Cheung。是中年漢，生一副「不會笑的臉兒」，又像「一隻不作聲的老虎狗」，真令人畏懼。（八十年代，校方請我參加校董會，這時張先生已近七十多歲，笑容可掬，完全另一個人！）副校長每早例必巡遍每一間課室，第一件事，是熄課室內的燈（節省電力）；其次，如發現在課室外罰站的學生，便會讓其返回課室，一邊上課（不可剝奪其學習機會），一邊罰站。

另有傳聞，校長室有籐條一條，只有他有權體罰學生。一般懲罰乃「記過」，犯小事記「小過」，犯大事則記「大過」，三個小過便成一大過，三個大過，哈，趕出校。

戴天老師

鄺定華校長

正校長是中華基督教會的牧師，他不經常出現，名鄺定華。早十年前，知他仍在世，退休後移民到三藩市了。滿口美式英文，十分樂助人。全校上下都敬重他。

青年會的老師中，又以戴成義老師影響我至深。

戴師的筆名是戴天，寫新詩和散文的，也是編輯。客家梅縣人士，在毛里求斯長大，到台灣大學唸書，與一班同學如白先勇、王文興、李歐梵、葉維廉等熟絡。在港期間，很多影評在《中國學生周報》發表，故此也和胡金銓導演熟絡（曾帶我上義本道胡家喝酒至通宵達旦）。在青年會教歷史和地理，英文發音帶法語腔，總愛說課外知識，如卡夫卡、存在主義、法國新浪潮運動，令我非常神往。他寫稿後要差人送稿，我是其中一人。記得第一次到窩打老道《中國學生周報》編輯部，內心十分興奮，還見到了老總羅卡先生。

後又送稿到北角《星島晚報》，見到老總潘朝彥先生。現在的小朋友見到影視明星，心砰砰跳，正好是我當年心情的寫照。某些文化人、作者就是我的「天神」，見到影視紅星反而並不着緊的。

當時讀初中，只有十三、四歲，不知道誰是卡夫卡，也不知存在主義「法國新浪潮」是甚麼，只聽到「新派」便喜歡，猶如小朋友必喜歡時尚新裝和潮流打扮一樣。那時，流行占士甸、馬龍白蘭度穿的白色T恤及牛仔褲，也時興夾BAND，或跳牛仔舞，這些都不是我沉迷的，我只想成為「新潮的文藝青年」而已。

青年會書院最令學生失分及感到困難的科目，竟然是中文、中史、古文，其實只因那位老師特別。

蔡鐵郎老師

老師名叫蔡鐵郎，花名「蔡頭」，他手上每個學生都無法取得高分，連合格也難。他對中文字的形、音、義有嚴格要求。譬如書寫「尼姑」的「尼」字，「匕」這部份不能出界，否則便錯。一般人都不留意，寫字不講究細節，必定寫錯的。字還好，音的問題才容易錯，每一個字的粵語讀法，都要遵從字典。如「划」艇，該讀如「華」艇等。

有時，他拋出了些名詞，大家摸不着頭腦，原來他是從課文末端的解釋中取出的。一次同學亂答「雲夢」，意為坐在雲裏發夢。蔡老師便發揮幽默感，笑這位同學真的坐在雲端發夢。

他還有一項「背默」測驗，令人膽顫心寒的。上課時，他拿出已裁好剛二百字的原稿紙派發，單行由《前出師表》「臣本布衣」的「布」字起，下背默二百字，不必標點符號。雙行由《歸去來辭》中「富貴非吾願」的「非」字起，下背默二百字，不必標點符號。如此，很多同學交「白卷」。有個同學反正不能默，便二百字都寫上自己的姓名！

計分法也特別，每個錯字扣五分！二百字便共扣一千分。空卷即是「負一千分」。登記入數，下次全對，先「還」一千，即是打和（零分），要再下次通過才有分數。

很多同學不忿，其他老師不是如此計法。而我則十分贊成，明顯每課後，必去背熟課文，望早來測驗，好顯得我「高人一等」。另外，每一個有懷疑的字，都查字典，或上去問蔡老師。課本內每字每句都讀熟，提防他考起。這種讀書的習慣養成後，至今不改。

中學畢業後，蔡老師離開了青年會，考了一個股票經紀牌照，做起生意來了。有一次在中環天星碼頭候車時，曾見過他，他竟然認得我，真高興。之後在《壹週刊》見到他的照片，正慶祝花燭重逢之喜（紀念結婚六十週年）。他兒子是退休公務員，官至房屋署長。後來，他在美國移民的子女留信給我，希望我多談蔡鐵郎在青年會教書的生涯。如今也算是一種回應吧。可惜的是，在另一位我尊敬的高年級化學科老師馬宗鐸先生的喪禮上，聽到較早時蔡老師亦已離世了。

中學同窗與梁小中老師

很多友人都懷念中學生活，因為那正是由十二、三歲到十六、七歲的少年期，然而我最記得的，反而是我的同窗多於少年時代的生活。

最親密的朋友都在青年會唸中學預備班時認識，其中一位是劉本熾，年紀比我小。大家都是看書一族，可是並不熱衷課本。常在放學後約三時半，便步行到尖沙咀他的住所。上到天台樓梯，有人留下很多「舊書」。這些書是「唯性史觀齋主」的作品。後來我在多倫多見到作者本人，並斟茶拜他為師。老師姓梁，上諱小、下諱中，一九二六年出生，是廣西人，五十年代初移居香港後，從事報業工作超過三十年，是香港非常著名的報界老總，先後掌《新生日報》、《中文星報》、《明報》等多間報社。著作有《偶然集》和《貴賓房裏的貞操》等十四種。他是一位全能的真正才子！政治社會、文史哲藝無所不精，連帶醫卜星相也在行，一專欄「青弓大夫」寫保健幾十年，真不簡單。也當過兵打日寇，當過別動部隊（特別任務官兵），想必殺過人；還能填曲詞、作律詩。

他筆名太多，連自己也忘記，出名的有「史之癡」等。一生喜讀書，尤其讀史及野史。創作面面皆能，替報刊寫時評、社論，又寫愛情小說等，寫艷情小說一流，至今無人可及！故人黃霑兄對他也五體投地，想學也學不了。他做老總薪酬不夠養活六個孩子，只有每天寫稿賺取稿費。五、六十年代，每千字五元左右，一萬字才得五十塊錢，三十天才有一千五百元，加上人工五、六百元，剛剛有二千餘元。這種「爬格子」生涯並不易過。人面要熟，稿件內容要新穎，還要有讀者支持，能令到東家「起紙」（銷量好）。梁小中在香港各大報所寫的專欄恰好有市場，在五、六十年代讓幾張報

梁小中（石人）老師贈畫《黃雀在後》

紙起死回生，成為著名的「報紙醫生」。

他認為替人掙錢，不如替自己掙錢。在《中文星報》打工後，自己創立一張小報《先驅報》，怎料到是一場災禍。一張報紙虧本起來，排山倒海，不能挽狂瀾的。最終結束，又回到老本行去。聽說他為了還債，把所有書都賣了（買者因此開了一所書店）。我訪他多倫多家時，果然一本書也沒有。問他，何以能引經據典？他悠悠的答道：「全憑記憶，可能有錯吧。」但是，我從來不覺得他引錯甚麼。師母對我說，他一有空便看書，老大後的眼病，都由此來的。

但是這位硬漢，半聲呻吟叫苦也沒有，依舊板着臉活下去。我在東方報業集團工作時，每每在員工餐室見到他，總是在低頭吃飯，旁邊和他共餐的人也沒有。孤獨便是他的作風。一個人能孤獨，便是大材。

回頭再說兩個小朋友在天台看「唯性史觀齋主」甚麼書呢？

記得都是《歷代名女人》之類。這些書，那時不准帶回校的，屬「禁書」。以現在尺度看，一點也不，且滿紙都是知識。後來我寫了《中國淫婦列傳：人間尤物》，便是受梁老師影響。其時市面上「鹹書」亦多，有《藍皮書》、《西點》，報紙有《響尾蛇》，但這些書刊當然缺乏梁老師的學問，多是粗鄙之作，簡直有天淵之別！移民後，梁老師將全套「唯性史觀齋主」作品給我影印，我本想校正及點評註解，奈何疏懶，至今仍未開工！

附當年於《作家月刊》發表，紀念梁老師的文章如下（節錄），供讀者參考：

一、梁小中先生是我的老師，卑輩不該，也沒有資格撰文寫長輩的。黃會長之囑，只好勉為其難恭恭敬敬寫一點，並附大量圖片以供選用。

二、初次認識老師在中學唸中二的時候，同學給我看老師的《歷代名女人》小說，看得我血脈奔騰，從來未嘗見如此文章，於是請求同學繼續供應，可惜只看到楊貴妃一段，日後遍訪書坊，誓要閱覽「唯性史觀齋主」全集。直至九零年代移民加拿大，始得老師收為劣徒，准許影印，始得全集之九成，尚欠一本《慾經綱鑑》。

根據梁師自述：

早在五十年代，……我便出版了幾本絕對嚴肅的性學著作。……以專門探討古代房中藥的一本《媚藥雜談》而言，便有二十萬字、而且是「無一字無來歷」，真止純學術之作。另外一套《歷史性文獻》（三冊），則是包含了所有古文學史牽涉到男女情慾的創作，從《詩經》談到近代白話詩，民歌、「民俗性」，也有二十萬字。一套《中國同性戀史》兩冊、六萬字，一樣是「男色備矣」。也談到女同性戀。這是對幾千年來人所諱言的人性一面的深度發掘，是嚴肅的學術工作，所以我從不諱言：「這是我的學問成績的一部份。」

唯性史觀齋主作品目錄：

《歷代名女人》共五冊

《中國同性戀秘史》（上／下）

《歷史性文獻》三冊

《媚藥雜談》

《性慾誌異》（上／下）
《慾海異聞錄》（上／下）
《變態性生活》（上／下）
《古代採補術搜奇》
《古代性藝術》
《歷代風流皇帝性生活》
《慾經綱鑑》

梁老師自嘲為「史之癡」。對中國歷史尤迷，最特別而難得的，就是讀史或研究歷史的「學者」皆古板呆滯，對歷史「禁區」，男女床笫、採補方術、男女同性戀、變態性心理，甚至正常的性行為都諱莫如深，大抵中國文人只關上門大造特造，而不敢宣諸筆墨，恐人嘲笑，譽之誨淫者也。

其實色情與性具非常鮮明分界，可惜是，只有這方面知識的人才可區分出來，普遍凡夫俗子「得個講字」，實在不知辨別的。

好作「正人君子，道德完人偽君子們」不敢面對性的故事，面對性的知識，尤在六十年代，梁師在日報連載這方面的小說，論說，資料，實在是「膽大包天」，以他當時的文化界地位，更令同行結舌。

然而，正因歷史小說寫得生動，資料罕見，無論任何年紀、性別、職業，社會身份的讀者皆有公開及關上廁門細讀的。當年，作為初中二生，我們坐在天台水箱邊逐字細味，是日後愛好中史，探索性知識的來源也。深受梁師無形的影響，喜歡對歷史探索，每事必查根問柢焉。

梁師除歷史外，對醫學亦十分在行。在《東方日報》以「青弓大夫」筆名，解答讀者各色醫學疑問，凡幾十年了，大受歡迎。在我看來，梁師的醫學知識，包括中西各科，不下於正牌國手也。

博學之士，做人處事當然到家，梁師做人作風卻是非常硬朗。他有一本結集「雜文」，名《安瀾集》，文章內可見老師的為人。「安禪不必須彌水，滅得心頭火自消」，梁師解，「安禪」也就是「安瀾」，要使從頭平靜無波，希望一旦「遠去渺冥」之時，能夠去得安詳舒服。

他固窮一生，財產並非按照現金、物業、證券等有價品計算，乃按照舒適，無憂、無悔而言。如此計算，他比任何大富豪都「富」呢！

梁師晚年移居多倫多，很少與朋友交往，喜歡作詩，並喜填粵曲。謹敬錄贈我詩一首：

《喜聞天賜弟歸家奉母》

客窗時作曲肱眠，自在心生究性天，忽悟倫常存化育，撫鬚笑倚阿娘邊。

之前，他亦曾送親筆國畫一幅。畫中繪「螳螂捕蟬，黃雀在後」。題字：

莫倚高枝縱繁響，還須回首顧螳螂！

小字又題：

螳螂螳螂你也得防，此蟬特大，亦示世間蟬子特多也。

弟子並不敢「倚高枝」，或曾「縱繁響」！得師一言教誨，一生有益。

三、梁師也是詩人，近年喜作詩，九八年出了詩集《借情樓詩集》，封面已將本意題署了：「此中有世情之悲喜，凡俗之矛盾，有癡人之幻想，有哲人之幻滅。」

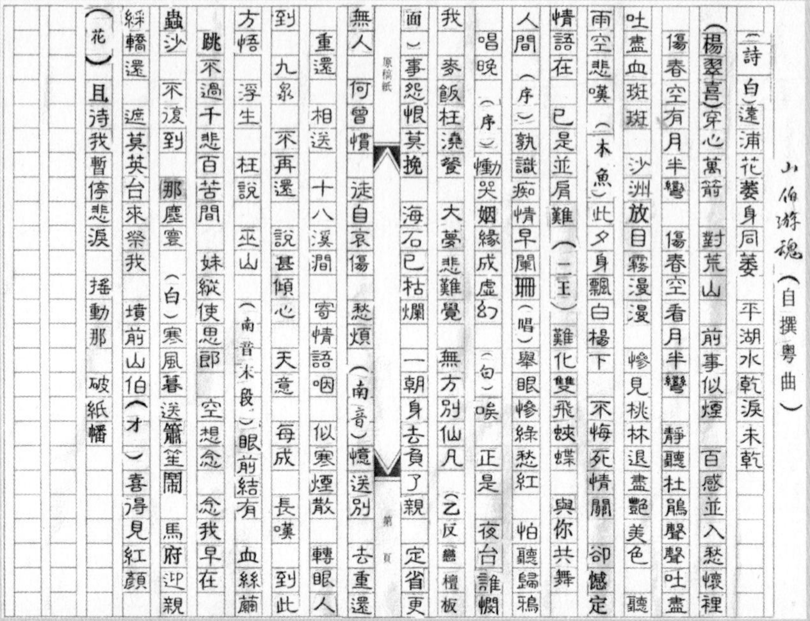
山伯游魂（自撰粵曲）
（詩白）遠浦花萎身同萎　平湖水乾淚未乾
（楊翠喜）穿心萬箭　對荒山　前事似煙　百感並入愁懷裡
傷春空有月半彎　傷春空看月半彎　靜聽杜鵑聲聲吐盡
吐盡血斑斑　沙洲放目霧漫漫　慘見桃林退盡艷美色　聽
雨空悲嘆（木魚）此夕身飄白楊下　不悔死情關　卻憾定
情語在　已是並肩難（二王）難化雙飛蛺蝶　與你共舞
人間（序）孰識痴情早闌珊（唱）舉眼慘綠愁紅　怕聽歸鴉
唱晚（序）慟哭姻緣成虛幻（白）唉　正是　夜台誰憫
我　麥飯枉澆餐　大夢悲難覺　無方別仙凡（乙反戀檀板
面）事怨恨莫挽　海石已枯爛　一朝身去負了親　定省更
無人　何曾慣　徒自哀傷　愁煩（南音）憶送別　去重還
重還　相送　十八溪澗　寄情語咽　似寒煙散　轉眼人
到　九泉　不再還　說甚傾心　天意　每成　長嘆　到此
方悟　浮生　枉說　巫山（南音末段）眼前結有　血絲蘭
跳　不過千悲百苦間　妹縱使思郎　空想念　念我早在
蟲沙　不復到　那塵寰（白）寒風暮送簫笙鬧　馬府迎親
綵轎還　遮莫英台來祭我　墳前山伯（才）喜得見紅顏
（花）且詩我暫停悲淚　搖動那　破紙幡

梁小中《山伯游魂》

山英化蝶
（旦下轎赴墓前介）（詩白）英台踐約探梁兄　綠水
荒山繞土塋　永隔人天無覓處　寒鴉亂草聽悲聲（雪中燕）
呼聲聲　淚盈盈　千結斷腸　盡化冰　空一腔紅血　於今
迸　心有無限沉痛　欲向君傾訴　心事　忍死　留殘命
悲君去後鴛鴦兩相分　河洲難賦　中斷三生証　今只見
殘碣　泉台靜　身好似雲散　無留形　眼前　墓穴　長關
鎖　說什麼連理前緣定（生魂現介）（孤雁哀鳴）喚輕輕
喚輕輕　身縈縈　身縈縈　英台訴語太悽清　急欲呼卿
勿為我過傷情　只怕魂魄真相見　全與舊體不相稱　會把
紅顏嚇一驚　逡巡止步心不寧　唉（長二王下句）茫茫煙
（尺工尺）
水　已吞聲　相見悲難　長似病　碑前方聚　轉眼又　孤
零　望盡荒山　便呼千聲　不再應　怎可佳城同伴　夜來
看雙星　輕掂那錦裙　莫當風　未靜　暗恨英台重晤　明
朝雪蔽　煙凝　可嘆玉女　犧牲　重難見青蓮　本性（旦
撫墳介）（秋江別中段）哥哥呀你還不快醒　哥哥呀你還不快
醒　奴到此間　盡傾訴離情　無晒聲音　你咪咁絕情（二
王）你快開墓扉　相應　要看你孤墳之內　是否安寧　要
看送你羅巾　是否尚堪認　要看那雙飛玉蝶　尚否伴你
亡靈（旦悲呼）唉　兄哥呀（生續唱）聽佢泣訴悲聲　我都
血淚　[illegible]

梁小中《山英化蝶》

寄荒庵李香君自嘆
(詩白)煙籠寒水月籠沙　金粉秦淮是我家　鼙鼓驚迴芳草
夢　風中看雨(才)羨歸鴉(拉腔)(紅燭淚)妝樓　傾散　恨添加
難了相思　情如麻　影空孤對　何處訪尋他　悲聲聲　愁
怨央誰話　當年偶聚　詠蒹葭　緣訂三生　玉無瑕　痴心相
戀　蜜意開情花　好公子　示愛譜紅牙　醉春宵　只詩嬌杏
嫁　憶團扇詩篇情義長不化　罡風橫來　好事都由真變假
驚聽中宵胡笳　只賸得斷腸人看暮色繞落霞(長句二王)誰料
情劫更頻加　驀見階前來官霸　竟欲强行納聘　逼我別抱琵
琶　禍事來臨　卻賴有乾娘　代嫁(乙反中板)曩日禍　飛來
我已存就一死念　任教滿首鮮血　交下　血染了詩篇　寶
扇濺殘紅　龍友為繪來　桃花畫　惜愛侶已　無蹤　逃禍宗
郎遠遁　早是三載　人遐(花)流落最堪悲(才)琴簫已無暇(才)天
呀　誰解我夜夜心苦也　(反綫明月千里寄相思)　荒庵　記白下
痛亡家　傷戰火後　橋畔餘敗瓦　華年　逢君　憶得初繾綣　身
始是碧玉破瓜　情詞送到　笑牽郎袖　共我先傾杯酒　再譜
入那琵琶裡　韻味醉嬌娃　指天際情懷同月華(白)唉　只嘆
驚飄鳳泊　鎮日担驚受怕　到更深夜鴉聲嘶啞　替代了鸚鵡
簷前呼送茶　正是　烽火連三月　香君毀舊家　曲終人不見
低首對殘花(乙反合尺花)當年夜別　倍傷情　月冷青溪　飄
雪下　今夜念君枉對殘團扇　欲寫悲懷　意早麻

梁小中《寄荒庵李香君自嘆》

痛切姻緣成幻影　高呼要續不了情(花)且待我敞開墓
穴　引入那　娉婷(巨鑼兩響)
旦(悲呼介)梁兄哥　英台來了(生攜手同跳入)
(雙聲恨末段急板　巨鑼再一響急收　塚涂合時　雙蝶
飛出)
(合唱粧台秋思)凌空　並肩舞落英　過枝間　陶醉春
風輕　今朝惡夢醒　還了他無限深情　相思痛　相思病
傷心往事　百恨已消清　繞鮮花　來共看新晴　飛仙一對
同到芙蓉城

原稿紙　《棒打薄情郎》　第　頁

旦(歸來燕)冤家重見　怨憤難平　當日毒手夠强蠻
狠心推我入流冰　寒夜江頭夠酷慘　得幸義父來救拯　再
生小紅顏　情心早盡罄　此夜重婚　一心要把他　嚴懲
(二王)昔日佢哀哭街頭　憐佢悽酸苦命　我父收留　助攻
讀　更招贅　入門庭(乙反木魚)誰知姦人心不正　憎父乞
食玷辱名聲　朝來得意科場致勝　便昧卻良知　醜惡呈
江頭顯盡中山狼性　竟然恩將仇報　殺嬌卿(花)之係義父
主婚　下奴又義無他聘　唯有施訓房前　將負心郎　打醒
(白)眾丫嬛　棍棒伺候
生(銀台上一句)寒儒　今晚結雙星(柳搖金)歡心到玉京

梁小中《棒打薄情郎》

鴛鴦欣同泳　良夜照燭喜盈盈　香氣襲人　春宵永　合巹
陶然樂忘形（詩白）大登科後小登科　攀得高門好處多
裙帶姻親憑借力　宦途暢順不揚波（二木魚）只見一幅紅羅帕
遮住了可人愛卿　等我挑來錦扇　把美夢早成（挑巾介）
娘子有禮　恕過小生無禮（急鑼鼓夾唉吔唉吔聲）生（連環西
皮）真真攞景　真真攞景　做乜姑爺當門窗修整（沈腔花）唉
吔吔　打到我　不似人形（苦喉龍舟）今夕香閨來繾綣　與妹
雙雙同醉　譜出舞紅綾　縱或閫威森嚴　要將季常警　亦
不必嬌嗔如是呀　似動刀兵　旦（掀頭巾介白）莫稽　看我
是誰（生驚呼介）鬼呀　娘子饒命呀　旦（花）我不是江邊殘
原稿紙　第　頁
魄　你方是兇手一名（快慢板下）無恥人呀　難饒命　神姦惡
毒　性成　若寬宥　縱兇冥　早是狠心　注定　生（哀聲白）娘
子　娘子呀（撲仙令）我急作跪　自問罪不輕　請責罰　確
要受嚴刑　俯首任痛打　啞口莫敢聲　泣訴後　死生任從
定　旦（接唱）你真作孽　舊恨如何清　須發誓　勿口舌徒
若敢猶為惡　天加罪不輕　當信奉　咫尺有神明　生（白
欖）丹鳳喜重見　烏鴉已無聲　一切任從擺佈　但求娘子
可平　若猶不悔改　罰我四肢盡變形　雷神擊我雙眼　使
我盡失明　仲有每日甘為奴　俯首聽從施閫令　只求罪
可得贖　我心感慰莫名　我心感慰莫名　旦（減字芙蓉下句）

梁小中《棒打薄情郎》

要你每日來思過　三載不容停　燒香在清晨　佛前將禮頂
閨情要盡捨棄　問你應承不應承　生（仙花調）應應應我
忙作千聲應　樣樣皆恭聽（轉揚紅）因心驚媿　如受刑　自覺
從前係我盡做錯　呢今天算俾打醒　玉奴懷念故舊　真堪
尊敬　旦（白）好話憑君說　姦行使我驚　燒殘紅燭後　且莫
想溫馨（花）今晚洞房春不暖　請到柴房過夜　去賞那月
白風清

梁小中《棒打薄情郎》

「笑序」中：「余之一生，乏抱負而多逋負，負父母養育之恩、負妻子相待之厚、負兒女隔世之欠、負友朋推愛之誠、負紅顏青眼之顧，皆負也。……」

「因名吾詩集為《惜情集》，猶乎百代光陰過客之一簿記，然亦自有離合悲歡，癡人之夢，詩人之狂，難言之隱，拊胸之痛，使後人觀之，或縱聲笑，或不笑而同吾一哭，或不哭而同吾一狂一嘆，是吾之所欠拜天地者，乃博施於眾，吾亦無妨更為天地之大逋客而逃乎天地之外矣，因大笑而成吾序。」

詩集內，對中國近代歷史，人生幾十年的感懷，各類行業、人物、世情的描寫都以詩言表達，字字珠璣，可惜是此詩集不賣，只贈有緣人矣。

如果想知梁師一生在大陸、香港的生活，可以看看《香港老照片（三）》「絕對大半生」的綜合說明（代序），文中這樣寫：

「這本書不是甚麼『名人自傳』，只是近五十多年香港的小史，但因為我也是『一件香港老東西』，所以把自己「也滲了些進去」。

老頭今年（二零零二）七十七歲，原名梁大中，五十多年前到香港後，觀乎滄海，始覺渺乎其小，絕對不宜『自大』，於是改名小中，又名兆中。賣文五十多年，筆名亦五十多個，怪到有『不見人下樓主人』的。九歲喪父，讀書備盡艱苦，時常餓肚，在校因無錢交膳費，曾屢到飯堂刮取飯籮底的飯屑，躲到浴室快啃。抗日時期，流落柳州，曾目睹日機狂炸北火車站，死人逾千個悲慘場面。自宜山西上逃難，崇山道中，有三日四夜無粒米下肚而猶日行七八十里的酸苦，曾意圖自殺而又堅強地活下來。當兵打日本，官拜上尉，胸口擦過子彈不死，膝後捱過刺刀不跛，皆留大疤痕。隻身來港，一住數十年，住過摩星嶺、石硤尾，挑過泥，吃過麵包邊，且與狗爭食，踏過大笪地。來前半工讀，讀過兩年野雞大學。來港後做過多家報館，擔任過九家報社社長總編輯，一家日報副社長。曾自辦報三次，均以失敗告終。有過三十年專職寫稿生涯，煮字兩億以上，出書三十本，每日撰寫專欄，最多時日十七八篇。娶妻一名，已五十多歲，子女六個，皆年近半百，已有孫八名。」

這個「自供狀」猶勝其他人寫的珍貴了。

除了歷史小說、雜文、性學研究之外，還有「笑話集」多本，及研究廣東話的專書，說明梁師興趣廣泛，喜歡探索各類不同的知識。

梁小中先生作品，除上列以筆名「唯性史觀齋主」的作品外，尚有如下：

《近七十年史詩及秘聞》《香港老照片（三）》《石人集》《惜情集》《益世集》《安瀾集》《廣東話趣譚》、《廣東話再譚》《男女方程式》《偶然集》《偶然二集》《且聽石人語》《人性的刻劃》《種樹集》《迷樓恨》《成吉思汗》《第一美人》《粗話雅談》《貴賓房裏的貞操》《睡房笑話》《枕邊笑話》《臍邊笑話》《成人笑話》《吟秋笑話》《迎春笑話》《鑊邊笑話》《床上笑話》

尚有其他出版過的書籍，年月久遠，不能盡錄。

禁書

說到學校的禁書，包括金庸、梁羽生的武俠小說。唸中二時，《神鵰俠侶》正在熱賣，早年的《書劍恩仇錄》、《射鵰英雄傳》和《龍虎鬥京華》皆令我如癡如醉，通常只有躲起來看。那年代有「盜版」，集一星期報章連載，馬上出版「薄裝」，兩毛按金，五仙租一天。租客要馬上看畢。否則罰款。多數即租即看，追看性特強。

與此同時，亦看當紅的《毛澤東選集》一至三集（白色封面、繁體字印），如癡如醉。這是十五、二十歲時的心態，哪個年輕人不發燒？

另外的閱讀有《資治通鑑》和《史記》，都覺得很好看，這些書要長大重讀的。不同年紀有不同感受！

六七暴動

這是香港大事，適逢中學年代，身處九反之地油尖旺區，放學見到很多抗英人民操向旺角彌敦道，一邊大喊口號，可謂「殺聲震天」。警察都避入橫街，待示威隊伍去後才去處理滿地「菠蘿」（手榴彈），當中有真有假的。我們一班男同學亦去旺角看熱鬧，不怕死。見到防暴隊槍口向上，指向上面的窗口，有人曾擲重物下來攻擊警察。簡直是「巷戰」，你死我活的武裝決鬥。怎會是暴動那麼簡單？警察也開實彈還擊，樓上有否死得枉者，無人知了。很多油麻地試場都被催淚彈煙吹襲，只能停考。多人隨街擲石頭襲警，都是民忿難消。後來，英政府委託人做了「檢討」的報告書，是必須的，亡羊補牢，未為晚也。今日，定性二零一六年年初一、初二旺角騷亂事件為「暴動」，亦未有檢討原因，是退步了嗎？

少年時最影響我的刊物

少年時，最影響我們的一份刊物是《中國學生周報》，這是友聯出版社的刊物。小學生有《兒童樂園》及一些西方故事淺寫叢書，如《李爾王》、《三劍俠》、《愛麗斯夢遊仙境》等。中學生可看上述週報，裏面有很多關於當世社會學、文學、哲學的介紹。最有影響力的，我認為是「電影版」，很多有名影評人如羅卡（劉耀權）、石琪（黃志強）、金炳興、卓伯棠、吳昊（吳振邦）、林年同（以上兩位曾任教浸大電影系），也有方圓、汪榴照、陳任等。

香港電影工業在七十年代走入一班青年編導，此版確有先行者的資格（下文會講及）。有學生和青年的散文投稿，我的第一篇投稿成功作品登於此。時為一九六六年，十分興奮。從此奠定了寫文字為生。

為甚麼會主力喜劇？

這問題當由此報刊最後一版面《快活谷》說起。

這是該刊物的設計，前面很多政經、文學文章，最後「甜品」吸引人吧。最初是張隨小姐編，再交由陸離、陸慶珍小姐編。我試在此投稿，獲登，十分高興，從此便成了該版作者之一。然而，比我更幽默的老哥少雅在，我只是小輩而已。

少雅是黃國超的筆名，他是台灣政治大學早年的前輩，作品有電影劇本《阿茂正傳》及《遊戲人間四百年》等，過世前用「的式」筆名寫《十八樓C座》，當年亦是《快報》外電版編輯，以幽默起題聞

中華民國五十五年七月十五日

×月×日

自從弟弟在二樓補習以後，有一種不可抗拒的力量驅使我，使我的心向那裏奔。

「借幾本書給我好嗎？」我對着他的眼鏡說，他沒有說什麼，轉身拿了本My Fair Lady。

×月×日

我沒有眞眞正正的看它，只希望有和他說話的機會。貴氣人，他總是臉紅紅的，高高鼻樑架上厚黑邊的眼鏡，怪厚的。我喜歡他的害羞，和結在脣旁的無奈的情緒。

「借給我你的 Grem和Alge ，行嗎？」我實在也有點微紅。周圍沒有別人，在他的廳，倚着門角。

咀角微動，瞳孔不聽話了，手指又打轉，再沒有話的挾了兩本書出來。「你幾時還給我？」他首次啓口。我說用完便還你。

我明白，大家的對話只是塡補一下空間。

×月×日

有種情緒，使我昨夜不能入睡，抱着枕袋，怪好受的凝想，枱燈　書桌　代數　幾何　和可倚靠的眼鏡。

×月×日

拿起了電話筒，我的心在轉動，手指也在轉動。答應了。我飛快的換過衣服。

電影院很黑，小弟坐在中間，我偷眼看他，但只有眼鏡面的反光。心和面都感覺熱。

TCM日記

青年會書院

劉天賜

坐的士回家，是位同學教我的。他的小狗突然在我腳下吠起來，我噢的比牠的聲音還响，握了一握他的手，是上帝教我的。咀角彎上去的微笑，使我再在夢中徘徊。他的手。

×月×日

倘右手能訴我
你是步尋桑此
六月夏之夜
只祈黃雨

我不知怎好，在他的書桌上看到他這首「詩」……詐作別向，我緊咬咀脣。

×月×日

整天坐不定，翻翻東，翻翻西，對對鏡子，不知爲什麼這幾天老愛好梳頭。門鈴响了，他出現在目前。

「今天我去看瑪莉亞萬歲你去不去？」我知他念了很多遍才說出來。我沒有看他離開。我立刻恨自己，直至今晚我也恨，恨連「多謝」也急得沒有對他說。我淚濕枕頭。

×月×日

幾天來都很怠倦，懶得出奇，心有時很高興亦有時很煩。我不敢再下去了。只是望空想，腦袋迫得很。悶得我慌。My God!

我叫弟弟和他借了本「 Collector 」晚上翻來看，螞密密的字母，刺痛我的眼瞼。倚在牀沿，桌燈微笑着光。

也許是光
流星座所能飛馳
缺席的等待
獨個兒倚望西窗

第一次投稿即獲刊登，《中國學生周報》，1966 年 7 月 15 日。

名，凡三、四十年，報界無人不識。

我那時十八至廿多歲，看了新聞或電影便有「靈敏之感受」，化成「搞笑」的作品。中大退休教授盧偉鑾女士熱心將《中國學生周報》大部份內容放了上網，大家可在此看到「大頭六B」、「大官賜」早年的「搞笑」文章。我翻看不會臉紅的。因報登文，故受商業電台邀請，未入中大，便已開始替電子傳媒寫劇本了。

在商業電台初出茅廬

當年商業二台有位青年編導梁銘駒，瞥見我在《中國學生周報》的「搞笑」文章，致電找我，邀約加盟他製作的音樂節目寫 gag（笑話），在每一首曲終，都加入一則小笑話。

我那時剛考完中學會考，正唸中六，有空便寫。笑話被一台主任胡沙（胡冠輝）看到，成為我寫劇本的「伯樂」，約我到達之路三十號商台會面。

與少雅（黃國超）合照

說一些當年的商台見聞。達之路在那年代是「掘頭路」，三十號地下有兩層鐵門，有一位便裝警察把守。時為一九六八年，左派暴動似乎已平息，但林彬兄弟被謀殺的陰影仍在。故商台入口仍刁斗深嚴。我經傳達引領進入一所員工休息室，見到胡沙先生。他約我為週末節目《故事新編》寫播音稿，每集半小時，約廿二張原稿紙，節目類型是「借古諷今」。一些老故事改成現代背景，諷刺時弊。那時我剛中六畢業，未能上中大，便接了稿約，開始每星期交稿，並且在錄音時乘巴士到又一村「學」錄節目（後來遷去廣播道）。因而認識了很多資深的播音員。如擅演「道友」的金貴（已故）和他的兄弟金剛；又如黃天朗、蔡雲等。金剛時至今日仍主持《十八樓C座》，當年原班人馬留下的只有兩三人而已。

再過一年左右，介紹黃國超入台，開了一個《遊戲人間》節目，十分癲狂搞笑，借一個「鐵拐李神仙」再下凡，在香港成了遊戲人間的假道友（金貴聲演），借此諷刺香港當年的殖民地社會、宗教神棍、貪污官員等。現在很難找人寫了。《十八樓C座》是楊普禧先生以程雪門為筆名負責編劇的（他是特區政府前民政事務局常任秘書長楊立門的尊翁），因為他要放假，胡沙約我替補，這是榮譽呀！

那時一般每半小時節目的稿費是三十五元，此劇五十元。如果老闆何佐治賞識，則用雞皮紙小信封賞五元。真感謝何先生呀。

在商台內，我第一次見到俞琤小姐，過程有點尷尬。事緣有位女播音員馬昭慈女士在女廁內大叫，有「男人」入了女廁。各人驚見俞琤出現。當時她還在西營盤聖士提反女校就讀呢！她是個播音天才，早該得終身成就獎！

我每次錄音都在場，學寫劇本，知道有些情節犯駁難於接受，某些對白拗口，播音員難暢言。一年下來，便有些心得了。學習必須勤，所謂「天道酬勤」，不過我勤力不在學校課本而已。

流浪期

少年運如果有的話，我實在不好。小學四年級，算術不合格留班。那時仍有留班的制度，學生覺得悽慘的，乃是離開了舊友，又要再找新朋友。

我小六那年原是最後一屆「小學會考」，可是政府只給聖提摩太小學上午班六年級十八個位。我當然不在此列，最後不能畢業。到青年會書院唸預備班，變相亦是留班。

家長有句名言「鼓勵」及「安慰」我，說「行行出狀元」，假如不是唸文法中學材料，可去學一門手藝：修車、大廚、電工都可，足夠養家活兒。有悲觀者，認為我「無書緣」，很難靠書「搵食」（當年沒有學障之說，仍是抱那種古老觀點：「萬般皆下品，唯有讀書高。」還是「識字」重要）。曾經一度親友鼓勵我待十八歲時便去投考警察，因為只要小學三年級程度便可以。到了中三，一度恐懼再留班，曾欲請鄺校長介紹找工作，後來居然順利升上中四。

這間中學有它自己的規矩，不分文理組。文理都要合格才升級。中四我數學、物理不合格，補考，得五十多分，又要留班了。這一年，我對生物科不感興趣，那位可憐的新教師，在台灣大學讀牙科的，回港一定不受承認專業資格，只好在此校教生物。可是發音太爛了，生物科的生詞，靠準確發音而串成，這個爛音牙醫怎教？於是我放棄此科，考試也不參加，只得一個「零雞蛋」（零分）。最後，不知何故，這蛋不在成績表內出現，故「第一次全藍色」升中五。

到了會考之年，我選了中文、英文、地理、數學、物理和新設的經濟與公共事務（Economic and

Public Affairs, EPA）。學校沒此科，老友呂炳強是英華中學生，教我自讀的。自修便上公共圖書館，發現鄰座學生有本「考試範圍」。為何有此書？

你會問，中五生不知有考試範圍？原來青年會老師都不按會考考試範圍教，各施各法、各有各考。例如教數學的姚老師，是「外江佬」，常講「流水動力學」，因為他在國內是「流水工程師」。

教英文的老師趙岱哲博士，寫了很多他專科「國際關係」的英文生字。他常講國際形勢，可惜沒人共鳴。然而，青年會書院那年代的學生，考大學入學試都可入港大、中大、美國大學、台灣及內地大學……學生在社會上知名的，有兒童心理精神科醫生黃重光、前商台新聞總監陳淑薇、前亞視新聞總監詹瑞慶、名記者李康全、香島中學校監楊耀忠、中大社會學系教授吳伯弢、次文化堂主彭志銘，還有轉了英華的呂炳強教授、退休的港大SPACE沈雪明教授、中大傳理系前院長蘇鑰機教授，還有忝居末席的劉天賜。

中學會考有兩科「良」，可升中六考中大或普通教育文憑（General Certificate of Education，簡稱GCE）。GCE居然取得有史以來第一個「A」，是地理科。中大再以自修生名義考過，得一個A，兩個B，可以被接見了（下文有述）。我想把由幼稚園至中五的各級成績表都發表，讓世人知道（間接）香港五十至六十年代的教育情況。可是，太太說「遺失了」！

需要一提的是，被投訴的早期英文老師「甩牙佬」。他是新來的老師，很勤力，惟英文發音很特別，據稱「查過字典」。可惜絕不懂教會考班，很多學生不能接受，最終被解僱。我去過探他，獨居一陋室，全室只有一張木床，半邊床是書籍，真是一位書呆子！

又回說流浪期。中六第一次參加中大入學試不合格，不能去面試，只好等待翌年自修生重考。這時接到商台播音稿寫，又有一份夜校中學二百多元教席，一份五百元補習酬金，不錯。廿歲，搬出老家，獨立生活。

這間夜校叫中華佛教青年會夜中學，本位於窩打老道舊廣州大學校舍中，後遷到勝利道某中學校舍，設中一到中五課程。我由黃子程介紹下入去教中一、中二全科（陳任、關永圻等也教過）。校監是黃大仙十方大佛寺住持釋妙智法師。

租地的校長有奇怪的癖好，便是飼養野生動物。天井養有大熊一隻，又經常放隼鷹，又養了多條毒蛇。據說一次毒蛇逃亡，嚇得夜校女老師花容失色，不敢回座位。順便一提，釋妙智法師在尖沙咀佛堂的「齋魚蛋及湯」天下一絕。

在夜校相認了任教鄧鏡波中學的朋友李國威（詩人）、黃子程（後來香港理工大學教授）及關永圻（後來香港商務印書館助理總經理），四人得友聯出版社林悅恒老師答應，得以免費住在九龍塘一所獨立屋，（此時叫創建書院天台小屋）。

講講創建書院，在九龍塘多實街，是獨立洋房子。斯時乃一所文化集中地。有很多課餘的「班」可上，例如戴天、古兆申（蒼梧）主理的「詩作坊」，教新詩。學生便有淮遠（關淮遠，現著名詩人）、鍾玲玲（名作家）、李國威（已故詩人）等。並相識很多香港新詩人，如蔡炎培等。新詩，我沒有天份，但喜愛，可惜那時會考不考的。尚有藝術班，如油畫、雕塑，名師甚多，如張義、文樓、鍾華楠、劉國松等等。亦有胡菊人教的「西方文學」等課。每逢大節，有文化聚會，如五四紀念日、農曆新年、中秋等，有學員表演，十分高興。後來，知道房子轉手，我們也遷出。

值得紀念的友誼還有岑逸飛，又名岑家師，今稱「山今老人」，相識於創建，共跳土風舞。（還有老記者彭熾）。岑兄本出色運動員，在中大新亞書院唸理科。一年到台南旅行，不幸受到某種病菌感染，高燒後，返港，雙腿報銷，從此靠輪椅代步。他轉了哲學系，隨唐、牟老師再讀哲學，並精研易經、孫子兵法、鬼谷子等中國玄學。我曾替其工作的《工人日報》採訪。後來，我亦請他擔任電台節目《講東講西——人文風景》的主持，他很多擁躉呢。他同時也是旅遊家，行遍世界及中國各地，其志氣真偉大！

另一詩人李國威，他很早便過世了。九十年代，我曾去瑪麗醫院探他。他因腦病入院，可惜長年昏迷，樣子變成一個老人，幾乎認不出他。他飽受世間苦難，我上過他老家，得知他原由奶奶帶大，奶奶是「問米婆」，住深水埗唐樓。他唸香港華仁書院，是苦學生。死前，家庭破碎，亦怨懷才不遇，由佳視新聞部轉到無綫新聞部任編輯。因為改錯了記者採訪用詞而被調去博益出版社。此事原來是這樣的，新聞部寫了一句「有人吃了某牌子即食麵肚屙（肚瀉）」，李國威以為「公仔麵」便等同於即食麵的泛指，改了成「公仔麵」，令到品牌及代理商不滿，電視台需道歉並更正。國威卻受此打擊甚了。在博益時，放工後到附近酒吧消磨，他一定喝醉！詩人的生命便應如此嗎？

另一位朋友亦在創建書院時認識，是今日樹仁大學傳理系教授梁天偉。早年新亞新聞系畢業，是各大電子、印刷傳媒的主要工作者。那時，他是學生領袖。有一次，爬牆進來創建，在天台開研討會，我還助他們翻牆呢！

浪跡香港一年，最大所得乃認識了蔡小玲，即我太太。那時，隨呂炳強參加了一個在大埔的宿營。晚

漫畫家香山阿黃以畫賀我新婚之喜

結婚照

上與眾女生躺在草地上看星座。我說，見到的是天狼星（A星），但還有一顆B星肉眼看不到，天文學家只計算出來。在場多人十分驚訝。如此，便結識了葡中混血女郎「阿拔」（Pat）蔡小玲。

流浪期多「打書釘」，即在書店站着看書。在土瓜灣、旺角的學生書店，我看《通鑑論》及四大古典小說。老實說，《紅樓夢》只看到第四回。原來，後生仔沒耐性看的。四十歲後再看，味道不同了。因而看山東出版社的《金瓶梅》，並做了「點評」。一部以雅寫俗（《紅樓夢》），一部以俗寫雅（《金瓶梅》），日後為港台播音節目導賞《金瓶梅》，便有用了。還有一套《十萬個為甚麼》，看不完呢！

城寨帶街

九龍城寨號稱「三不管」，當年還未拆除，對於香港一班普羅市民來說，覺得很神秘。我樓上的老友陳樹衡，家本住寨中，而家父亦有在城寨對面的李基醫局收錢派籌，故對城寨不陌生。有數位女友之同學聽我「吹牛」，說熟悉城寨內道路，便央求我做一次「帶街」（嚮導），在城內探險。我樂意答允，由今天的九龍城廣場處集合，下幾級樓梯，便入了整天都水浸的石板小巷。頭上電線縱橫，亂搭一通，因此地沒電力及食水供應，寨內居民須外搭電及取水。橫巷甚黑，日間雖尚能辨路，卻不敢深入，只入數十呎而回。眾女生已經十分滿足，說是探過險了。其實，若我們再深入一些，必定迷路的。

曾有一次，損友帶頭入城寨看「人蛇表演」。人蛇者，是裸女與毒蛇共舞。觀眾先在「公眾四方街」（現在的眾坊街，在油麻地榕樹頭旁）登上汽車。到達後，有人引路，經過九曲十三彎來到「華聲」竇，兩元入座。不久，幕帷打開，只見一名十四五歲未發育完全的少女，拿着一條尺多長的「蛇」出場，人、蛇皆疲倦，按沙啞音樂擺動。此女子身上穿着極少，看官們醉翁之意不在蛇也。三分鐘完成人蛇舞，帷幕一下，便有「道友」（吸毒者）出來大叫：「有飛揸飛，無飛買飛，今場紅飛。」（「飛」乃英文fare的音譯）原來下一場是「小電影」，有外洋出品，有港製的。港製的女角聞名叫「西班牙小姐」，男角叫「高佬森」。

俱往矣，今天九龍城寨改成公園，環境甚佳，保留了一些古蹟，還是值得流連的。

中大新亞書院

香港中文大學與學者富爾敦（John Scott Fulton）有密切關係，他早於一九五九年應香港總督柏立基爵士邀請，率先來港考察當地的高等教育情況，為中文大學創校奠下基礎。

當中大成立時，按富爾敦建議，將崇基、新亞、聯合三間書院組成，並保留各書院原有特色。故此新亞哲學系不同於崇基哲學系，大家同一試卷的倫理學便大大不同。

我唸的是新亞書院，一年級要上「大一中文」，由北方國語（不叫普通話）老師楊勇教《孟子》。「大一英文」是一位港大畢業美女所教。學生必修歷史，我們有了中國及西洋哲學史可讀，要修「中國通史」。真幸運，這是中國人必須學的通識呀。另外有「中期試」，二年級完結考，一科主修，一科副修。我副修社會學及英語。「中期試」的社會學，是我一生人第三次取得A。全班二百多人，只有兩個A而

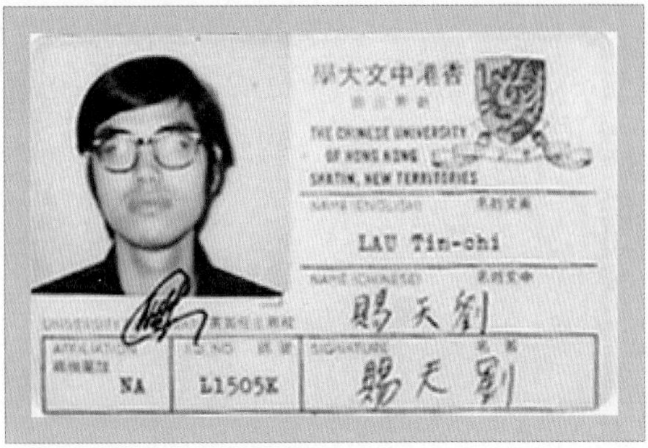

我的中大學生證（1970-1974）

已。尚有一科體育，乃不能「肥佬」的，「肥」了便不能參加畢業試，偏我走堂（蹺課）多，不合格，四年級再讀。考試多，我還走堂。

很多同學都在堂與堂之間的空隙，到下鄉道一間士多打麻雀（搓麻將）。我要上班，自然不去。

一次，同事兼老友鄧偉雄約我一起回新亞圖書館善本部。那裏的善本及絕版書不外借。為甚麼要躲在此暗格中？原來是不喜歡潔本《金瓶梅》。此書乃民國初年印刷的，潔本；相對於穢本，編輯將描寫「性愛」部份「空了」。安排了「空格」若干，並註明下刪若干字。多少字便有多少空格，猶如原稿紙的空格。鄧兄和我運用想像力，創作力和聯想力逐一空格上填上猜度刪去的字。必須有意思，夠字數，而又近原作的文體。不易呀！可能數十字，也有幾百字的。此艱巨的工作，兩人合力一天內完成。回想，真是兩個「天才作家」也。

鄧兄當時正與饒清芬女士拍拖，星期天到她府上流連。此時我見到她令尊——一位終身讀書的學者，饒宗頤教授。大廳四壁盡是書籍，例如有關埃及象形文字、蒙古文、梵文等（饒公曾赴南印度學習梵文，用以研究佛經），真是博覽群書呀，一切令小子大開眼界！饒太太留飯，我當然答允，始知兩老皆喜歡晚上看《歡樂今宵》，其中尤其喜看譚炳文、李香琴主演的趣劇《大鄉里》。

鄧兄乃真正才子也，廿多歲已是多間大專院校的藝術系教師。三十多歲隨黃霑學填詞，作品多是雋永之曲詞，至今仍流行港台大陸。早期他隨許冠文撰寫《校際常識問答比賽》中文及中史科題目，後來又為電視節目《雙星報喜》寫gag。大家耳熟能詳的歌曲《鐵塔凌雲》，由歌神許冠傑所唱，許冠文作詞。其實此乃許冠文環遊世界之後的感懷作品，他當時並非用中文寫下，而是用英文。之後他把歌詞交給鄧兄，由他翻譯成有意義的中文版，然後再由許冠傑用結他譜成今日全世界華人喜愛的名曲。但是，此曲詞仍未見鄧偉雄的名字。

為節目寫稿或做電視編導、監製，皆非鄧兄的最後所願。那時他已經是熱愛中國藝術及評論中國書畫的人。我經常隨他遊集古齋、文聯莊、博雅等賣小古玩及中國書畫的店舖，也收購了一些便宜的木板水印國畫。現在，這些當年的老師傅皆已逝去，木板水印更是絕跡多時了。

某次，他給我一些宣紙，囑我向唐君毅、牟宗三、徐復觀、曾克耑四位老師索取墨寶。我依所囑詢問，結果四位大師一一親筆寫了，但我卻不懂同時索取，今四老已去，豈不可惜？

又有一次我們赴台灣，他一早已起床，說要一起找臺靜農老師送禮。我嫌太早又貪睡，失去索臺老墨寶的機會。但是，向丁衍庸索取的機會並沒錯失。

客串《雙星報喜》

饒宗頤教授題贈「和光同塵」

當年，丁公孑然一人在港，獨居尖沙咀香檳大廈某單位尾房，只教新亞美術系，滿身皆墨漬。乙卯除夕，鄧兄偕我備數條良友香煙往訪丁公。他正在練畫。談了數小時引退，待丁公興致所到，所謂年尾收筆，向他索取墨寶對聯「採藥逢三島，尋真遇八仙」。字古拙而沉實，我裝裱下來，藏於香港家中。後來，竟發現在入牆木櫃中有白蟻之患，只好焚毀此聯。幸結婚時，丁公畫了一幅《富貴白頭島》相贈，並有一方丁公金石雕刻，全家之寶呀！

談到金石刻，亦謝鄧兄引薦名家如陳語山老師。記得他帶我到訪陳大師在油麻地某舊廈中的住所，大師睡在帆布床上。弄醒他後，我們一起飲茶。陳大師只要一小瓶五加皮唐酒佐燒賣。大師十分健談，答應為我刻一方「弼齋」作為婚禮信物。人家結婚，皆以鑽石戒指相送。我以為太俗，送一方印章，上刻妻子別名，較有意義。妻

結婚「正印」

丁公（衍庸）刻贈「劉天賜」印

名 Pat，中文人稱「拔仔」，文雅些謂「弼齋」，有輔良人之意；且以印章相贈，含「正印」之意也。時年廿七歲，今見同齡小夥子一般不識。鄧兄亦替我索馮康侯刻章二方，罕有之寶也。

最近聚會中，鄧兄告之，寫了七年之英文版《中國繪畫史》將出版，想必乃其偉大著作了。

鄧兄這邊廂先告一段落，又說回新亞生活。

每逢閒日，下午三時左右，農甫道新亞園亭必聚了一班哲學系學生。常有圍棋局擺開，牟（宗三）師一度藍布長衫，口含香煙施施然來觀棋，有時亦下場的。有日，有學生帶了一名九、十歲的小孩子來，原來是台灣小學應屆圍棋冠軍。他剃了一個「陸軍短髮」，穿着小學生校服，木口木面。那位學生邀牟老師賜教他們一局。牟老強笑，怎與小孩子對弈？最後技癢，言讓小孩子先行，又讓「三子半」。各人唯恐天下不亂，舉聲贊成，於是成局。

我不熟圍棋，不能躋身局旁。不消一刻，牟老說去洗手，離開了座位。我才可以進入局外一看。一下子膽粗出言：牟師不會回來的，大家勿再談此事了。小孩子仍沒有一絲表情，回顧左右，似乎肚子餓了。

說到牟師，我們都畏他三分。上宋明理學課時他先入課室，向窗外吐一口濃痰，然後端坐於講壇椅上，閉目養神凡五分鐘。我必坐在第一排，面前放了其他同學的六、七部錄音機，由我負責換帶（各機性能不同，不會同時停的）。牟師在黑板上寫下講題，然後開講。說實在，我聽不懂他的山東話，有時以為說粵語，又以為是英語。他不用講稿，隨意而言。下課後，搶先找同學郭漢揚君抄該堂筆記，因為只有他能一字不漏記載下來。

牟師為人十分寬容，對我尤其寬大，容忍我走堂，教我至今懷念。

牟師在港有另一次婚姻，育有一兒元一。當時，他是個八、九歲小童，走來新亞玩，與我鬥記性。玩法是，每人說一本古典小說如《三國演義》的人名，對手馬上要接另一人名，不能接上便輸。我欺他年少，怎料他各本古典小說都讀過，並且記憶力特強，往往勝我。牟元一後來怎樣？這我不知了。

認識女朋友後，增加了一份「工作」吧，就是老遠跑到蒲飛路香港大學的陸佑堂「上課」，是真的坐在女朋友旁聽哲學課。因而認識了（葉）劉淑儀。她坐在拔仔旁，化了妝，可稱得上是美艷。我也常到何東女子宿舍樓上的「會客室」聽其同學林愛惠彈鋼琴。林小姐與拔仔同修戲劇，要演出外國導演劇本。她準備了德國戲劇家布萊希特（Bertolt Brecht）的作品 *Mother Courage and Her Children*，是德文劇本的英譯。那時，她準備首次以粵語演出，交付我譯之成粵語。我譯為《沙膽大娘》，劇內有粗口、平民用的詞彙，也有小曲。我把小曲改成數白欖，效果也好。這是在陸佑堂上演的學生話劇，工作人員名單中，有她們早一屆畢業的許鞍華，崗位是道具員。

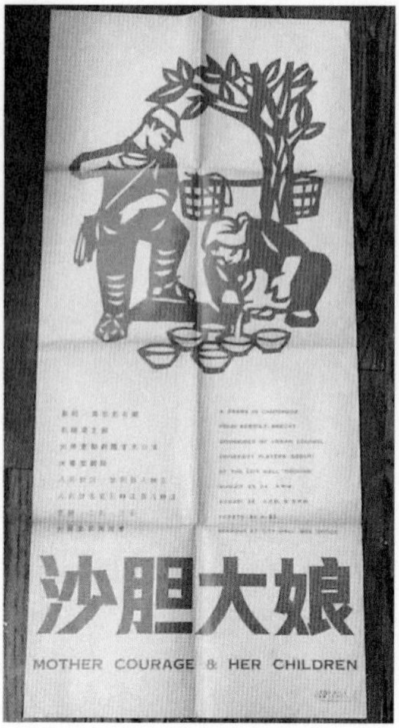

《沙膽大娘》公演海報

與小思（中）、許鞍華合照。

為公仔箱寫趣事

我怎樣開始在無綫工作呢？

之前說過，還沒入讀中大時，我已在商台工作了。大約七十年代初，周梁淑怡開始一輪新的節目。首先夥拍了許冠文、冠傑兄弟做一個 gag show，效法美國收視佳的諧趣節目類別。這是「趣事」節目，以許冠文的意思，每一宗趣事不能超過半分鐘，當中又要包括「營造」（build up）及「爆笑位」（punch line）。觀眾要發出笑聲才算數，內心暗中一笑不算。一個半小時節目，扣除廣告，其實只有二十五分鐘，還要包含冠傑一首歌約三分鐘，只剩下二十二分鐘，片頭片尾再加短劇，還剩十八分，需要A級笑話三十多個。故此，節目做了一半，便有不繼了。斯時，周梁淑怡自任編導，葉潔馨是她的 PA（Production Assistant，節目助理）。她也是大影會執委，節目要請人編劇，於是把梁淑怡介紹給我。於是，梁及許兩位「貴人」便約我到海天茶樓飲茶，聘我度 gag。

我沒電視，沒看過《雙星報喜》，只交了一個「怪論」，許冠文錄用了。這「怪論」講：公眾談情的長椅上，置有一盞大燈，情侶入座，先交費，然後大燈熄去，讓他們在富有情調的環境下談情。一分鐘後，大燈重新亮起，大放光明，情侶欲繼續的話，便要再入錢了。後來，許冠文將此改為「尋夢園趣事」，由他七情上面主演，十分搞笑！

如此，我一邊讀中大，一邊拍拖，一邊忙於度 gag。

為甚麼忙？逢星期二下午五時正，我要與正在教書為生的鄧偉雄在中環等在廣告公司下班的老許，一起乘的士到半山干德道周明權（周梁淑怡已故之丈夫）的公館度gag，兼進晚餐，直落至十一時。葉潔馨也在座，gag一收貨，她便寫下佈景、道具、服裝要求，準備週六廠景錄影。

他們的收貨標準十分嚴格，由老許試做，不好笑便要再度。某次，我發現不是gag的問題，而是何人講gag的問題。我先有了gag，交老許講述，而我講老許度的gag，看周梁淑怡如何收貨？結果是我的gag，由老許講述，收了。老許的gag，由我講述，便不收貨了。這證明甚麼？誰人做戲最重要，不是老許主演的，便不好笑！

然而我對此觀念近年有懷疑。事緣周星馳決定不作幕前演出，由他主力度橋及導演。結果，電影《美人魚》票房同樣滿堂紅。這卻又證明，不是笑匠演出，同樣好笑。到底還是劇本至上。

在周公館度gag日子不好過，因為每每回家後尚要撰寫，週六又要到現場跟拍攝，忙足五天。酬金，每播出一分鐘十元。每集我大約得九十元。此節目當時收視第一，人人皆知我有份編劇，確也十分虛榮。之後，多做一輯，隨周梁淑怡漸漸得勢，我也在TVB當了第一代編劇。

其時，製作經理蔡和平先生晚上有綜藝性節目《歡樂今宵》，廣受歡迎。鍾景輝先生則是節目經理，負責戲劇節目，有時要從民間傳奇取材，或者搜羅外國名劇，並且製作肥皂劇，都相當受歡迎。周梁淑怡怎樣做好呢？她和許冠文的路線正確，借鏡英美，找出合乎香港新一代社會的節目。她們的「貴人」是余仁生、余東旋的後人——余經緯。他接管了老總一職，升周梁淑怡為節目發展部經理，發展新的節目形式和內容。老許即位為創作主任。然而，邵氏大導李翰祥看重老許，以一百萬簽他三部電影。老許十五、十六，拿不定主意，問詢我和鄧偉雄。答案有了，就是跟隨李大導闖進電影圈。很明顯，我們都從掙錢多、快着眼。

我們和李大導合作第一部拍的電影是《大軍閥》。南方長大的年輕人飾北佬，說北方土話；大軍閥是中年人，老粗。但是香港人喜愛老許演出，這令到投資者警覺：國語片多含北方趣味，已不能在香港輕易賺大錢。現在我們會說：「離地」，一定要從香港本土現況中找人物性格、找共鳴故事，講香港人的語言。許氏兄弟第一套製作的電影《鬼馬雙星》，一九七四年出品，便是國語片沒落之際出現的本地製作。

此際，老許帶住鄧偉雄和我追隨李大導拍戲。看他在片場搭好場景後，親身在內裏走一次，看鏡頭怎擺、燈光怎打。然後看道具可否利用，回家再寫導演的分鏡頭劇本。老許留意到，李大導喜親自剪接，家中松園置有一部剪接機，剪片猶如中毒癮一樣，不能罷休的。如今知道，剪接乃是「再創作」，將拍好的鏡頭組織起來，可有更多含意。

一隊《歡樂今宵》（EYT）編劇，後左起：吳雨、胡美屏、劉天賜、李瑜、王晶；前左起：區華漢（繪畫者）、吳金鴻。

老許與李大導皆喜杯中物，一頓晚飯，可以銷了一整瓶「拿破崙XO」的干邑白蘭地了。可惜最後，二人開公司不成功，詳細原因我也不知道。

李大導後來幫我數次大忙，《雙鐲》要補戲，他為我拍了數場，真是高手。又後來，他看中我的書《人間尤物》，要邵氏開拍劇集。我們還到北京辦了價值二百萬的衣服，可惜製作未啟動他便離開人間了。

幸好，之前他帶我一遊藏書樓，大開眼界！松園樓下整整的藏書森林，都是《中國歷代筆記》。很多劇本內容，都出於此。另有一層千呎的房子，在松園對面，四壁圖書，林林總總甚麼都不缺，真是一位「大雜家」——甚麼事都知道，可謂通天曉。另一位大導演胡金銓的家中，藏書也多，也雜，同是明代專家。現在的導演，知識、見識、通識萬萬望塵莫及。年輕時，看了兩位大導如此博學多聞，自愧不如，不敢妄然做電影導演，所以至今仍是編劇呀！

青少年時代的偶像

李小龍（一九四零——一九七三）

李小龍這位一代武術巨星，我和他也曾有些因緣。他從美國回港，拍了數部以功夫為題的動作電影，正好迎合香港中產人士的生活要求！在工商業社會、日漸刻板式的生活中，大家都追求官能刺激。李君是

「香港人」，好一套身手，洋人、日本人莫敵。他講香港粵語（母語），又講「番話」（英語）。最令人感動的，是他表現的中國功夫，打敗西洋及東洋大漢，洗脫「東亞病夫」、「華人與狗」的侮辱。綜觀那個年頭，台海兩岸都沒有這種氣氛製造此類英雄。

因許冠文在喇沙中學與李小龍同窗，李君上《歡樂今宵》演出時，由老許介紹。李君早到，在員工餐室閒話，我隨老許一旁聽他講。李君整個人不能不郁動，口舌不停外，身體更是動個不停。飲過奶茶後，老許陪李君乘電梯落地下錄影廠。正在等候之際，李君問老許：「信不信我能起腳踢中你額頂？」情況是這樣子，兩人皆倚牆而立，常人要起飛腿，已十分困難，畢竟不是站在對面呀！老許唯有一笑，笑容未收起，只見李小龍已抬起左腿，一下子，腳部已到達老許額前。他就這樣凝住，並未傷老許絲毫，尺寸及力度剛好！然後他收回左腿，拍拍驚訝的老許的膊頭，進入剛到的電梯。這是我親眼目擊的「李小龍功夫」，並無半點誇張。

三蘇叔叔

三蘇，本名高雄，怪論專家。三蘇先後為多份報紙寫社論及連載小說。筆名包括三蘇、經紀拉、石狗公、小生姓高、旦仃、周弓、史得、許德、吳起、淩侶、區品器、禹伯等。對於一九五零、六零年代的香港社會來講，報章是一種資訊傳播媒介，也是流行文化載體，更加是當時社會東西文化交流，漸趨國際化之具體表現。報紙連載小說及散文，乃香港特色的文化產物，深受普羅大眾歡迎。通俗文學作家當中，作品題材之廣、產量之多、語言風格之奇，佼佼有影響者，一定要數三蘇叔叔。他的創作由上世紀四十年代尾，一路持續到八十年代初，見證香港各傳媒黃金時代，這段時間是他個人創作的高峰期。網上資料並不十分完整，試補充一下。（小思老師曾集其專欄，重出單行本。無綫電視曾拍劇集《經紀日記》，那是三蘇叔叔以筆名經紀拉寫的《經紀日記》改編而成，由盧國雄飾。）

三蘇叔叔並不是廣府人士，乃江南名士。他是「三及第文」的代表人物。「三及第」本意是：科舉的三種及第狀元、榜眼、探花，又借用為粵菜「及第粥」之名稱，作為香港獨特的一種「三及第」文體，即夾雜粵語方言、白話文及文言文。行文使用這三種文體，不期然有恢諧感覺。但是，真正的「三及第」高手，要把各種文字運用得宜，則不易也。粵語中俚語、熟語、歇後語等，「到肉」（啜核）處甚多，雙關語也多，運用起來，得心應手的人甚少。文言文更難應用，須有若干中國文學基礎才成。至於白話文，看似「以手寫我心」，可不是只轉寫日常説話用詞，有時還要運用母語用詞補足。

故此，寫作「三及第」日漸式微了……今天還在用「嬻鬼」、「生鬼」、「活潑」、「跳脱」、「瀟灑」的沒多人，雖然我曾用「三及第」寫了《人間尤物》及《了哥怪論》。

三蘇叔叔亦為我寫過《歡樂今宵》的趣劇《兩仔爺》，由良鳴、甘國亮分飾。很多人説，三蘇一邊寫稿，一邊打麻雀，我未見過，他手跡卻見得多。我們有一位抄寫員，當年乃名導演謝虹先生，為《歡樂今宵》抄稿印刷。他看不明白叔叔的字，是一個圈連一個圈組成；全世界只有一位仁兄可以看到，他就是《成報》排字房一工友，我們都請他「翻譯三蘇字」。

三蘇叔叔還約我寫稿，那時我才廿多歲，文章登於沈寶新辦的《幸福家庭》。同文皆才子才女也，有林樂培、文綺貞、徐堅、文麗賢、蕭俊德、孫郁標、簡而清、簡而和、黃霑、林燕妮等。三蘇是主編，每篇文章皆附「按語」，內容幽默風趣。《幸福家庭》不設稿費，所以每逢月尾，沈老闆都會在中環請吃晚飯，老人家打四圈，後生仔談風月。

三蘇叔叔又喜吃粵菜。他帶我去銅鑼灣名菜館，先選一席近廚房之卡位，然後點菜。為甚麼要近廚房，他解釋：出菜要趁熱，有鑊氣。點菜是逐碟點，吃完一菜式才點另一菜式，以免一齊上菜，不能熱吃。全館子的夥計遷就他，名作家也。此時的三蘇之名堂響噹噹呢！

「三蘇怪論」是《成報》主力文章，很多讀者，三蘇叔叔以「遊戲心態」寫社會正論，其實「怪」不是怪，乃指出「荒謬」之處。斯時，港英政府也是「偽術」專家，但凡社會事，「死都講番生！」荒謬絕倫者多，時人又未必一時指出荒謬處，心底知道「搵笨」，卻口不能言。怪論便是以幽默抵死啜核筆法表示出市民大眾的不忿，替蟻民消消氣！其實之後很多人都寫過怪論，如哈公（許國）、陶傑（「烏鴉怪論」）、岑逸飛（山今老人）及我（「了哥怪論」）。我不寫怪論後，鮮有其他作品了。三蘇教我，怪論要有「預告性」，他說：「香港有一天要帶身份證出街。」果一語成讖。又預言：政府必築一條天橋駁通北角以東，果真有其事。如此前瞻能力，並非等閒之輩所有。三蘇叔叔亦寫小說，以「小生姓高」寫，每日完。多艷情成份，他謂之「樂而不淫」，實在是「世情書」。內容取材於五十年代香港社會的小市民生活，他們多從大陸逃亡下來，艱苦地謀生。例如租客租床位，遇上獨守空房的包租婆，彼此心猿意馬，一度木板之隔，產生綺念幻想……都是共鳴感甚大的作品。可惜，三蘇叔叔以「甘朽」為宗旨，作品不願留世。只望有熱心人對他徹底研究，足以反映香港該時代的景象。

黃霑（一九四一—二零零四）

黃霑原名黃湛森，表字亦芹，另有筆名劉傑、陸郎、不文霑、詹嘯、久流、鐵樹等，是香港響噹噹的作曲家和填詞人，同時身兼廣告人、作家、藝人等多種身份，視為香港跨媒體的代表人物。他是足以代表香港最黃金年代的人物，填詞佳作一曲繼一曲。如《家變》、《上海灘》，不可勝數。亦善於作曲，寫文在各大報章刊物專欄。他曾寫電影劇本及當電影導演，為電視台主持節目等，是不可多得的廣告界創作人。踏入人生最後生涯，他更寫下嚴格的博士論文。

黃霑正是上世紀七十年代到二千年代，香港成為世界工商金融業重鎮中，普羅大眾娛樂的代表人物。這些年代，成為人物，必須出眾，而且要有奇才，才會有人記得。霑叔之出眾在於「博」與「精」。博者，樣樣現代創作技能皆通——作曲、填詞、主持、編導都勝任，且有好表現，允雅允俗；精者，樣樣皆可成為宗師，若說「前無古人，後無來者」也不為過。

有人指摘他「不文」，此實乃闖入道德倫理「偽禁區」，且大剌剌高調所作所為。我以為他正好以身表達這個年代的「真小人勝過偽君子」之想法。試想，華人文化的地方，從民國至共產主義解放的社會、國民黨的台灣社會，至於新加坡及海外華人社會，是不容許及不發展這種多類文化藝術及雅俗共融的表現者。霑叔便是膽敢以自己天賦的才能、聰慧及自身艱苦得來的雅名作「大大賭注」，這是他一生願冒的最大危險。

我在電視台工作時，劇集的早期宣傳一般要先有主題曲。那時，可能只有暫時的名稱，劇本可能只有大綱，填詞人只能靠直覺感到該劇主題是講甚麼。

例如《家變》基本上只知是二奶女奮鬥的歷史，但霑叔卻可以想出「變幻」才是「永恆」的哲學性主題，我們也跟着這個主題寫下去。真是奇才。

《上海灘》一劇故事背景設在「上海灘」，只是想在中篇劇集加插新的地域背景，作為新元素，使劇集看上去有多點視角上的變化。怎料主題曲落在霑叔手上，又是另一番心情。借黃埔江浪奔浪流，帶出世事變化多端之意；轉灣、潮漲潮退都是慣常，人生本來如此呀！這麼一來，主題曲有了意義，有了生命，暗地裏是歌曲「流行」之因。雖然未必個個領略其中深意，可是冥冥中有股力量扯住你的聽覺、你的思潮，令你着迷！為甚麼現在詞曲創作低迷？創作人有否想過這點？

黃霑天才橫溢，但毫不自矜高人一等，反而自謙不及。那年，我的《三國啟示錄》出版了。他讚不絕口，令我不禁慚愧。

他一生敢愛敢恨，亦莊亦狂，雅俗共賞。交上這位朋友，所學不盡。所謂一流朋友，是要精神上、酒肉上都能配合。

附一篇紀念黃霑的舊文章：

鬼才．狂生——黃霑

黃霑離開了整整十年，還有年輕人記得他，因他填的曲詞是經典，時間不能沖淡大家對他的記憶。

黃霑給人的印象各有不同，他的形象很多，也很複雜。很多人批評他身為文人，何以滿口粗言穢語，又為何寫下連篇鹹濕小說？又有人覺得他多才多藝：不但善於散文和翻譯，更是填詞泰斗，主持節目幽默風趣，且博學多聞，中西匯通，真正是香江才子。實情，他只不過是一個不羈的「士人」，一個憤世的鬼才。

我和黃霑交往多年，以我認識的黃霑，以上種種印象都是正確的。一般人看他都是「盲人摸象」，只捕捉到他個性的一鱗半爪而已。

黃霑少年時代在喇沙書院唸書，如此聰明絕頂的年輕人原本很難適應當時的填鴨教育。幸而是在喇沙，一所比較開放的中學，且有一位「堂堂正正的父親」。黃霑做人坦蕩蕩，正是受父親影響。「父親對我來說是英雄，」在一次閒話中，他說，「自少便聽我老竇講粗口；他人品好，令我覺得講粗口不是問題。」有甚麼「問題」？粗口在社會上是區分階級的一種表現，社會規範認為「上等人」不說粗言，而上等人大家以為是等同「有財勢、有名譽」的人；又或者以為「受教育過的人」不講粗口。這些粗枝大葉的規範，被黃霑親身一一擊破。他便是一個不理會這些俗世規範的士人，一個真正的知識分子。

如果說黃霑「傲物」，「我行我素」，也不全對。我從來未聞他在廣播中「爆」出粗言。有人說他腦囪中有個自動掣，控制着甚麼場合可講或不講粗口。其實這沒有甚麼稀奇，是黃霑的理性自制力強於他的感性而已。他知道甚麼場合該說甚麼話。一次，無綫辦一個祝賀性質的「顧嘉煇音樂會」，由他主持，風趣生鬼。節目完結，他竟不肯走下台，拿着咪高鋒大唱中英文鹹歌，引得哄堂大笑，男女賓客都樂得人仰馬翻。Off air 後，有何不可呢？

西方哲學有享樂主義（Hedonism），所有行為皆基於要讓最多的人獲得最大的快樂。黃霑便是享樂主義者。作曲、填詞、寫作、編劇、導演（電影《天堂》及《大家樂》）、主持、研究戲曲，以至談情都是一個宗旨——娛人娛己！有時，娛己娛人！前者，娛人為先，則是人稱之「鬼才」；後者，娛己為先，則是人稱之「狂生」。

以電影《大家樂》主題曲《玩下啦》的歌詞來紀念黃老霑兄：

今天幾大要開心，世界冧都咪怕；
家下乜嘢都假，鬧我就當佢吹喇叭。
一生幾何有開心，好應該高興下；
一生幾何有開心，好應該高興下！

林燕妮（一九四三—二零一八）

第一次見她，記憶太深刻了。在七十年代頭，半島酒店二樓餐廳，她與夫婿李忠琛（李小龍胞兄）抱着小孩經過。她當時廿多歲，儀態高貴。我曾在一個公開場合，聲稱未見過這樣漂亮的女人。其實，是未見過如此高貴氣質的女性。這是她給我的第一印象！她告訴我一個真故事，阿倫．狄龍訪港，她出席宴會，很多女賓客都希望與世界級男星說話。可惜阿倫太忙，看一眼已是三生修到。豈料阿倫上前和她談話，真羨煞死人啦！

我們拍攝《七十三》得玉泉及七喜的聯合汽水廠贊助，因而認識該廠經理林伯，即林燕妮父親。我常想，林家教導子女們有一手，都有儀態、禮貌和天才。她和黃先生的私事，我知的比任何人少，不備。

狄娜（一九四五——二零一零）

香港人人都稱狄娜「奇女子」，怎樣「奇」呢？沒有人說得詳細，因為她十六歲便闖蕩江湖，奇事多得很？幾次婚姻，多人追求，人生際遇又上又落，都不算「奇」！我與狄娜在她拍電影《大軍閥》時相識，她在片中飾演裸女；後來她為無綫主持節目《蒙太奇》時，我們重遇。她的名言金句是：「筆比刀槍更厲害，殺人不見血！」她的「奇」在於特佳的記憶力，稿件看一遍、兩遍便可講述出來，猶如發自內心的，這本領少見。況且是一人講述，沒有「轉動提示器」在眼前提場呢！很多人以為是她「衝口而出」的講辭，真不知奇女子口才好、反應快、記憶強。

下篇

黃金歲月

TVB打工初期

平生不過是希望「做好一個人」而已。故此，立品為先！撰寫本書也按照隱惡揚善原則，凡人與事上的醜聞、臭史等都不着跡地寫，皮裏春秋，可見則會見了。

《七十三》劇照。筆者（左）飾演陳有才。

《七十三》

前文說到周梁淑怡在無綫漸漸掌權之後，蔡和平、鍾景輝相繼離巢。之前，她便和老許計劃改變無綫「生態」。老許看美國「處境喜劇」（sitcom, situation comedy 的簡稱）正合適香港製作環境，而港人熟悉的澳洲墨爾本也有同類型的處境喜劇，賣點不在工本巨大的製作條件，而在於人物性格與該地方發生事故的荒謬處。全靠編劇的寫作

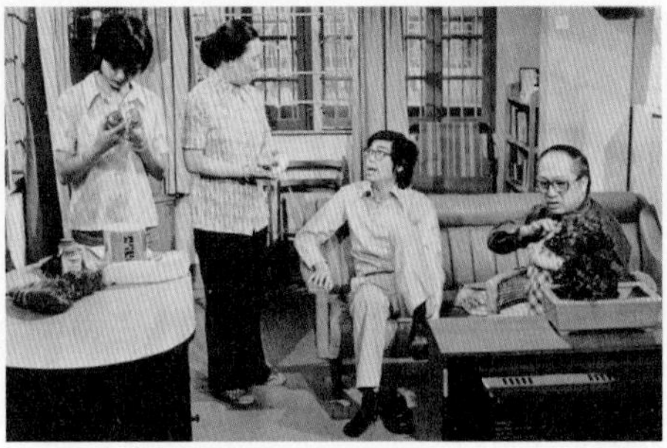

《七十三》劇照。左起：曾勵珍、李燕萍、劉天賜、劉一帆。

《七十三》劇照

筆者飾演陳有才，根本就是「當時的我」。

和見解，令到劇中人及故事，反映出時代的可笑性，那是令觀眾共鳴的。

不靠動作，單靠人物性格發生衝突，又要一針見血刺中時弊，難度甚高！

大家知道，美式、澳式的處境喜劇幕後有多少人工作？一隊精英部隊有十多廿人，花費很多人力資源。那時，老許作為創作主任，手下只得鄧偉雄和我二人，就這樣便搞出了香港第一個處境喜劇，真是老

《七十三》劇照，中為余安安。

《七十三》其中一集「搬家」。左起：曾勵珍、熊德誠、劉天賜、李燕萍、劉一帆。

許一貫的做事作風呀！

演員方面，盡量不用見慣見熟的藝員，要似香港小市民嘛。老竇、大哥、大嫂、同屋少女這一類角色的演員都從香港電台播音組挖角——劉一帆、熊德誠、曾勵珍、葛劍青都是。阿媽一角，找到廟街賣唱帶翻唱《歌仔靚》的李燕萍飾；尾房住客，起用話劇老前輩鮑漢霖飾。之後，老許話，找不到中大學生的細仔，是個呆頭呆腦的角色，叫陳有才，於是捉我「上花轎」任此角色。

老實説，我並不熱衷出鏡，也害羞。老許迫到身邊，只好接受。凡我寫的一集，陳有才必定少戲，最多便是出出入入、行行企企。可是鄧偉雄寫的，我便多戲了。幸好，我們未拍前會排戲，由朱克叔負責，當如舞台劇一樣，台詞亦能背誦！

此劇每集半小時（扣除廣告、片頭片尾，「實肉」二十五、六分鐘），由葉潔馨（Kitty Ip）編導。譚家明負責拍外景，雖然少之又少。一季下來，居然是全港收視第一節目。小市民都喜看我們一家人怎對香港那時社會的幽默反映。鄧偉雄、葉潔馨和我都不夠三十歲，表現之嬻鬼、老練、辛辣，我現在也寫不出。

老許先設置人物性格，採取「投射法」，例如：老竇是他尊翁許世昌世伯性格之投射，老婆是其令壽堂加一般文盲婦人之投射。大哥是他二哥許冠武加衝動派港人之投射，大嫂是老許太座鄭氏的投射等等。我演陳有才，就是「當時的我」。但一邊寫，編劇讓主演者解釋的性格滲入其中，活潑生動而有真實感。尾房鮑叔父女才是「創作下」的典型港人，「擔屎唔偷食」（老實可靠）之公務員，是好威風的時代女孩（今叫港女）。

此劇有一位配角，是鄧偉雄創造的、名叫「賣魚勝」。由我介紹從商台轉到無綫的陳劍雲飾演。他的身世我知道極少，在商台相識時，他閒時任編劇，是寫手。香港高人甚多，陳君通曉演奏中西各種樂器。某次，他帶我上油麻地豪華舞廳，那裏是個人表演的場地，先演奏華爾滋及慢四步名曲；繼而用一把鋸，夾在雙膝中間，用弦拉鋸，奏出浪漫舞曲。

再用色士風奏一曲後，又用色士風的吹咀再吹一次，音色一樣美。陳君也能演奏中國各種樂器，如二胡、揚琴、琵琶等。聽聞他又懂作曲、填詞，不過遭遇欠佳，未能盡施所長。

在劇中飾演小人物如街市佬，全靠他那外表了。雖然這角色動不動便斬人，有人評為暴力，然而若非如此，當時蟻民的民怨又如何消弭呢？

很多人都把《七十三》和《七十二家房客》放在一起談論，後者源於上海的一齣滑稽劇，曾在香港利舞台以話劇上演，後由邵氏楚原大導改編成電影，上映時破了多個紀錄，後來大陸也上演過同名劇集。因《七十三》中的劉一帆在《七十二家房客》飾演貪污警察「三六九」，此角色深入民心，可能就此混了視線吧。

百集長劇《家變》

周梁淑怡的愛將石少鳴首先提議，無綫要拍長篇集的連續劇，至少超過一百集，每集一小時。這些概念便改了編排節目的生態，因為之前，大多是播放半小時的單元式節目，觀眾不必追看。

第一套長篇連續劇是《狂潮》，是根據美國一本暢銷小說 *The Other Side of Midnight* 的復仇故事改編。主線是周潤發飾的邵華山向石堅飾的程一龍復仇。單靠故事本身不能拍一百集以上了，故此，要「節外生枝」，中間加了很多與主線無大關係的情節。最後播出了一百二十九集，由一九七六年十一月一日播放至一九七七年四月二十九日。此劇動用了全台藝員演出，旋即成為收視冠軍。

然而，最突出的小人物性格還在主幹故事上，都是生活上可見的人物：馬劍棠飾的阿齊，乃程一龍的傍友（幫閒），他雖是都市小人物，卻對主公忠心耿耿。編審鄧偉雄十分喜歡此角色，馬君也演得惟肖惟妙！另一人物乃程一龍情婦雷茵，由狄波拉飾演。這位美艷交際花被邵華山所惑，後來更殺死他。狄波拉演得真好，風情戲至今無人可及。

香港觀眾一般都認為，有錢人要有傍友如阿齊、情婦如雷茵才算合格的。

之後，輪到我上陣，負責第二套長劇《大報復》，改編大仲馬名著《基度山恩仇記》為中式故事，又請了潮州著名學者高貞白老師為顧問，很嚴格地做資料搜集功夫。

至於第三套長劇便是《家變》。它非台灣作家黃文興的大作，只是剛巧用了此名。

故事取材於香港當時社會實況，可算是「世情書」。主線是主角洛琳（汪明荃飾），她是建築公司老闊洛輝的「不入宮二房」之大女。大房不會幫助她成功，一切靠自己努力。在創作洛琳時也用了人物性格投射方法，真人版是周梁淑怡自己。她正是娛樂戲院主人梁基浩先生二房長女，她的一切成功全靠自己努力！

洛琳得了事業上成功，卻失去與詹柏林（朱江飾）的戀情。我們創作這劇時有幾點與《狂潮》不同。首先，完全取材於香港。當時，廉政公署初成立，打擊有系統的貪污。建築界貪污情況嚴重，洛輝是其中因此致富的一員，卒被拘捕、判入獄，洛家亦因而大大變化了，這是我們要從社會中取得時代感的故事情節，不能離地。

其次，不再有「散收收」（零散）的支線故事。每個故事須有結構，一環接一環，以主幹故事牽帶支線故事，有起筆，有收筆。

說來容易，工作起來困難重重。我們有創作高手坐陣：陳韻文、譚嫮、杜良媞、陳方和少雅（黃國超），後加了舒琪。監製葉潔馨及梁淑怡也提出不少意見，還有沈月明、招振強、徐克、李添勝等編導，後來又有林權和林嶺東等。編審是我，還請了金爺金炳興助我編訂。

此劇收視第一，卻帶來幾個遺憾。

因編劇陳韻文交稿大大脫期，奏明周梁淑怡，解僱了她。故此劇集的後半（六十集），其實是譚嫮女士主力創作的，雖然片尾字幕仍保留陳的名字。

此劇重播時，才發現當年節奏甚慢，按現在標準看，需剪輯很多「廢料」。無論如何，此劇乃劃時代的連續劇創舉，之後，難有來者。因為百多集劇本有主線、有支線，有上百人物，實在不易處理。以《家

當年無綫編劇最強陣容，一排：左一鄧特希、左三梁詠梅、左四杜良媞；二排：左一岑國榮、左四譚嫆；三排：左一張華標、左三曾淑娟、左四張毅成；四排：左一彭濟才、左二李添勝、左三劉天賜、左四陳麗華；後排：左一韋家輝、左二梁建璋、左三胡沙、左四鄧永康、左五吳昊。

變》為例，至少五人編劇，五個腦袋不可能劃一，當編審又要好記性，記得哪人、哪時、哪地方、哪處境説過哪些話。

一次，主角之一的鄧碧雲不願拍下去，原因是「劇本對白不符合她身份性格」。編導林嶺東致電我，即赴葵涌租廠向大碧姐解釋。我駕車趕去，時全廠光管已亮起，大碧姐坐於佈景中，面黑（板着臉）。我問何以如此？知悉乃「五集跳拍」而引起不知頭尾的誤會。她未拍前數集之內容，未看劇本，故有所疑。幸所有劇本均經我審改，任何對白、感情動作均記得清楚，可背給她知。經解釋後，導演又可續拍下去。我因而建立了與大碧姐之默契。他日邀她拍《季節》易談多了。

一九七七年八月一日播完後，總共有一百一十集。之後，卻輪到無綫真「家變」了，「六君子」過了佳視。（下文詳述）

中篇劇

上世紀八十年代美國流行 mini feature，中文譯作「中篇劇」。特點及優點是連續劇，很重戲劇衝突性（按人物性格發展故事）、短篇（約五集，一集一小時），排片方式及策略令受眾追看。缺點則是需要多廠房，及模仿外國採用單一機拍攝，如製作電影般，加上剪接配音等後期製作，成本較大。

當其時已踏入八十年代，電視業競爭熾熱，無綫又要改生態。長篇劇愈做愈短，因為需要「大氣魄」的故事，不容易呀！反而中短篇長度合適製作人，當時老總陳慶祥下令改革。中篇劇至少拍十集，多者廿五集，因此便要改革製作模式。此責任交在我身上。陳總先改革製作部架構，將製作資源集中。分編導科：有戲劇組、綜藝組、兒童節目組、文教組、體育組等；創作科（節目發展分部）：管理編審、編劇、資料搜集；節目器材供應科：管理內外景燈光、收音、剪接、音響、倉庫等等；再有美術科：管理佈景設計、平面設計、服裝設計；及倉務、道具和營造部門：負責儲景、化妝、頭飾等；最後是藝員管理分部：管全台藝員合約、配音工作、翻譯工作、樂隊、舞蹈藝員、動作藝員（龍虎武師及武術指導）、特約及臨時演員等等。

以上共有一千五百多員工，及有臨時工過千，都由製作總監管理。後來，不知原因拆散了。當時立意便是集中一切製作力量，做好製作條件。

後來是改行「工廠制」，一切有規有矩，有預算、人力物力及時間限制。有限制，創作為先的人未必歡迎。強制便是管理，不能出軌，便似不能發揮。我們有句話「睇餸食飯」、「殺豬賠狗」。前者，看有多少資源、時間，便在範圍內做到最好。後者，如其中一項「使大了」（用多了錢），便在下一項少用補償。例如：拍劇集首集用多了資源；時間便由中間集數補償，拍少些，少用些資源吧。

友台經濟力薄，重頭輕尾，隨時「有頭威，無尾陣」，便是資源、時間缺乏之故。

為配合「工廠化」之改革，曾集合五組領導在沙田某酒店開會。各部門建立一套配合的系統，是次會議稱為「沙田會議」。從此，製作部按部就班走上制度之路，直至現在，大概仍未改。

中篇劇有利海外市場。當年，剛發展海外租錄影帶的市場，一盒 VHS（錄影帶）只盛載三集內容。一百多集長劇，要多少盒帶？觀眾不能不追看，結果受難了！

中篇劇一般只有廿集，才七盒帶而已，容易處理，易租賃，增大生意額。後來，武俠劇集均為長篇，便分立名稱，是為「組合式」，也是做生意點子也。

中篇劇初起，由招振強監製《上海灘》的成績最好！主題曲由葉麗儀所唱，流行至今。黃霑詞也勁。主演者周潤發，浪子及義氣哥形象至今存在。女角趙雅芝純真美麗至今無人可及。

先附愛徒、該劇創作人陳翹英所答之信：

賜師：

《上海灘》來自當年你重回無綫後的中篇劇政策，記得那年是在沙田華爾登（？）酒店開會的。沒有你賜題，放權給中層做創作，這事成不了（始末得寫出來啊）總的來說，這故事來自七十年代法語片*Borsalino*（港譯：江湖龍虎鬥）的啟發，原指一種意大利帽子，兩個男角狄龍和貝蒙多把帽子戴活了，成為一時風尚。日後不少人把上海灘定性為黑幫劇，其實是錯的，這是部男人友誼的時尚劇，這得多謝周潤發。

另一部電影應該是《教父》，那年頭哪個創作人沒受該片影響過？

至於無名氏小說，那是來自他的少作《野獸 野獸 野獸》，而非甚麼人鬼神，那是我未被你錄取為編劇前的一本愛書，男主角印蒂從革命理想中幻滅，頗有點我少時的身影，於是就糅合起來了……

有人曾說過上海灘抄*Borsalino*，這並不是事實的全部，因為電視劇共二十五集，如何抄一部九十分鐘的電影呢？另，主角（的原型）也不是全部的狄龍，還有印蒂和編劇本人。如果說該劇是一幅拼貼（collage），我倒樂於接受。於我，collage可以入俗眼，吾之所好，也正是電視劇的本質。

此劇由你發辦，我適逢其會執行，但陳麗華寫了過半，她應記一大功。

當時從沒想過該劇會在大陸風行，好多年之後，有個大陸官員告訴我，大結局那集裏發哥死前一句：「我要去法國。」感動了那代人，因為其實大家都想去法國（先進地方的代名詞罷了），離開這片讓人幻滅的土地。

創作這回事，有時是誤打誤撞的，就這樣。

別忘書成後贈我拜讀啊。一切好。

翹英

之後，九十年代無綫重拍《上海灘》（續集），也是招振強監製。有上海實景賞雪，可惜並無第一炮響亮！有人說，少了周潤發、趙雅芝嘛。我說，少了當年創作班底、編導班底而已。那時，只不過在新租的堅城片場，因陋就簡捱過去的。堅城片場，舊叫大觀片場，坐落鑽石山一小路盡頭。下雨季節，小路變成小溪，水勢十分洶湧的。而且附近多山寨廠，偷電頻繁。我最驚大火，無路逃生呀！隔鄰為師姑庵，保安隊長求她們開方便之門，可讓廠內人員遇事求生，答覆是：怕「紅男綠女擾亂清雅」。

武俠劇

金庸的小說家傳户曉，先看無綫拍了多少？

《書劍恩仇錄》（一九七六），《倚天屠龍記》（一九七八），《天龍八部》（一九八二），《雪山飛狐》、《射鵰英雄傳》（共三輯）（一九八三），《神鵰俠侶》（共三輯）（一九八三），《笑傲江湖》（一九八四），《鹿鼎記》（一九八四），《碧血劍》（一九八五），《倚天屠龍記》（一九八六），《書劍恩仇錄（重拍）》（一九八七），《連城訣》（一九八九），《中神通王重陽》（一九九二），《射鵰之九陰真經》（一九九三），《金蛇郎君》（一九九三），《金毛獅王》（一九九四），《射鵰之南帝北丐》（一九九四），《倚天屠龍記（重拍）》（一九九四），《射鵰英雄傳（重拍）》（一九九四），《神鵰俠侶（重拍）》（一九九五），《笑傲江湖（重拍）》（一九九六），《天龍八部（重拍）》（一九九七），《鹿鼎記（重拍）》（一九九八），《雪山飛狐（重拍）》（一九九九），《碧血劍（重拍）》（二零零零），《康熙與小寶》（二零零一），《倚天劍屠龍刀》（二零零一）。

金庸武俠小說的重拍表示甚麼？說來傷心！某些人物未寫完整，可以深入寫，着墨以創造，如「獨孤求敗」一生，怎奈電視創作人已喘氣了。

老實說，搬武俠劇上電視台乃佳視先行，蕭孫郁標女十掌舵的時代，首先拍《射鵰英雄傳》（一九七六）。當時，金庸武俠小說開始在坊間流行；我想，周梁淑怡、許冠文是唸聖保羅男女校及喇沙書院的人，未必看過。到孫氏的金庸武俠片收得，又稱「執電視武俠片牛耳」時才驚覺，於是趕緊以五萬

與金庸合照（2010）

與金庸、倪匡合照。（2009）

元買下《書劍恩仇錄》版權，起用鄭少秋任主角拍攝。

《書劍恩仇錄》動用全台幕前幕後精英拍攝。花旦、小生盡出。由王天林監製。武術指導是今飲食泰斗李家鼎。王天林拿手拍重頭戲，對如何吸引電視觀眾最有心得，我們稱之為「商業大監製」沒錯吧！

拍金庸武俠更是手到拿來。金庸武俠是人物性格帶動劇情，捉摸到此點，便足矣。故此，無綫拍《射鵰英雄傳》、《神鵰俠侶》（一九八三，蕭笙監製）都選擇到最合適的人選。如黃日華飾郭靖，劉德華飾楊過，都是最佳的人選呀！

到了選紅小生周潤發飾《笑傲江湖》中的令狐沖則不是味道兒。人物造型、儀態、心理是成功第一要素。

金庸先生、林樂怡女士都是十分客氣的。每次我從加國回港，他們都請飲宴一聚，同桌常有倪匡夫婦、蔡瀾先生和陶傑夫婦等等，一席人暢談天南地北。二零一八年十月三十日，金庸先生仙逝，《明報月刊》總經理總編輯潘耀明先生（彥火）約我撰一文作紀念，我只寫了以下此篇，因太多「借題發揮」的人，我不想「抽水」也。

記金庸博士（一九二四——二零一八）

金庸博士走了，我吃過他無數次飯，卻只能回報一次，慚愧。

最難過的印象，是數年前在灣仔會議展覽中心，約晚飯；飯後，金庸博士欲上廁，但館子沒有這方面設施，要到會展另一面。博士行動不便，我與陶傑兄左右攙扶他，以他能步行的速度走過長長走廊。老人仍然堅持，精神很好，但腳步愈行愈慢，差不多陶傑兄與我拖着他前進。人，始終老去了，哲學倫理學教授唐君毅教導我們，「要安於老去」，也「安於病、安於死」。博士十分明白「老去的道理」，心安，則老又如何？仍然須前進，仍然須面對世界每一件事物。他雖老去，仍然是年輕人的壯志和雄心！

猶記，七十年代周梁淑怡女士開始當政，組織「編劇部門」，稱之為「節目發展部」，鄧偉雄先生負責買版權，他買了《書劍恩仇錄》並且開拍。

事緣，蕭孫郁標女士離開無綫，効力佳藝電視台，她是很懂得電視這行業的，也是作家、文化人。她首次向金庸博士購版權，為佳視拍武俠片，首次購買並拍製金庸武俠電視連續劇。有《射鵰英雄傳》，一九七六年播出，共七十集。主題曲《誰是大英雄》，主唱：林穆；填詞：劉杰（即黃霑）；編曲：吳大江。主演：黃蓉是米雪；郭靖是白彪，其餘有梁小龍、孟秋等。

米雪飾的黃蓉真一絕，得其「俏」字。當年，她可能未夠二十，演技生嫩，但俏得不誇張，大受觀眾喜愛，她也很努力演出。對手是白彪，身手不凡，面目少表情，屬剛毅木訥之男人，正符合小說中描寫的郭靖形象，完全自然流露，不加造作。我認為他倆是中港台中最佳之「射鵰拍檔」。

佳視《神鵰俠侶》，一九七六年播出，共五十九集，同名主題曲由關正傑、韋秀嫻、麥韻主唱，吳大江編曲，劉杰（黃霑）填詞。由羅樂林飾演楊過，李通明飾演小龍女。李通明被人奚落，花名「小籠包」，皆因她不似一般人想像的小龍女般纖瘦飄逸，猶如不吃人間煙火的脱俗女神。事實上，小龍女的原型，傳說是金庸表兄郁達夫的紅顏知己陸小曼（花名叫小龍女）。另外值得一提的是，公孫綠萼一角由鄭裕玲飾演，可見當年她仍未受重視，否則小龍女該由她來當啦！

另一齣《碧血劍》，一九七七年播出。製作人是宋海靈，編導有梁少容及黃泰來，武術指導是巴山。同名主題曲同樣由吳大江編曲，劉杰填詞，關正傑主唱。陳強飾演袁承志，文雪兒飾演溫青青。據說文雪兒當時只有十六歲，演刁蠻女受人喜愛。然而她後來反串「韋小寶」的演出則令人難過。這個人物很難演的，即使是梁朝偉也只有時神似而已！

研究「小寶神功」三四十年，愈看愈服金庸博士，這人物是今天香港「世界仔」加中國優良文化意識的複製人，古今只有金庸博士寫出如此性格特有及創新的小說人物，而又可以從此人物性格之奇，發展出一部「奇書」來！

再說回當年，蕭孫郁標見其倡導之武俠劇能「殺」出一條血路，便忍不住誇口：「佳視執武俠片之牛耳。」此話令周梁淑怡很不安吧！如果蕭孫郁標花一筆版權費，將金庸一共十五套武俠作品全部購下，期限至少三年，便令到無綫三年內沒法拍金庸的作品。但是，這種「封門」策略佳視不會做，之後無綫買到《書劍恩仇錄》並馬上傾力製作！

周梁起用亞洲電影節最佳導演得主——王天林監製，武術指導則是今天以烹飪為首要任務的李家鼎。主題曲當然是飾演陳家洛的鄭少秋主唱啦！顧嘉煇作曲，高山曦填詞。此劇動用全台所有男女藝員合力演出，由三大花旦擔綱：汪明荃飾演霍青桐，李司棋飾演駱冰，黃淑儀飾演李沅芷。

其他小生有：朱江飾演文泰來，夏雨飾演余魚同，黃元申飾演石雙英（小角色），任達華飾演侍衛（更小的角色），還有伍衛國飾演徐天宏（也是小角色），石堅做大反派張召重，關海山飾演陸菲青等。女角有余安安飾演香香公主等。

這個陣客，後無來者了。記得金庸親自來開鏡儀式，在總台外天橋底參加合照。我幸參與其盛，平生第一次見金庸。據鄧偉雄先生講，當時版權費已達港幣五萬元了。（換了今天，這些大作的版權費要人民幣五百萬元吧。）

無綫播出《書劍恩仇錄》後，收視很高，掀起了武俠連續劇高潮，一直有廿年之久。不用講，金庸小說乃是名牌中的名牌！我們少年時在家中、校中都偷偷看，有些老師專把學生的武俠小說充公，然後帶回家自己看。現在金庸武俠小說，教師鼓勵同學看，真是「輪流轉」了。

至於廿年前，我極愛金庸武俠小說，以「明河社版」為準，把書中內容，包括人名、地名、招式名、穴道名、幫派名等等專有名詞，都解釋由來、出處，因為其中大有「文化底蘊」的。也把所講的故事歷史、年代查一查，好像要「修理」金庸小說似的。自以為發現了很多「珍貴」資料。有一次飯敘，向查大俠請教。（每次我從加拿大回港，查先生、查太太必宴請，十分好客。）查先生聞後，馬上綻開微笑，很溫和的說：「這些小說，寫的時候很匆忙，缺漏太多，不宜細敲，請兄見諒，並多多包涵！」

聽了這幾句話，心中不期然慚愧起來，臉馬上紅透，不只不能回答，坐立也不安。幸好，前廣播處長張敏儀為我解圍，說查大俠已練到「百毒不侵」，無可傷害。

金庸博士真正是世間上最看透世情的人，也是君子，故此可以寫出「真君子」。他既寫「俠之大者」的故事，亦可以看透人的陰暗面，寫出「偽君子」、「大魔頭」、「大淫賊」的心理及性格，連小混混「韋小寶」亦活生生從文字跳出來！真真前無古人、後無來者！

（原文刊於《明報月刊》，二零一八年十二月）

金庸武俠小說中，我最喜人物及故事乃韋小寶與《鹿鼎記》。韋小寶不懂武功，然「小寶神功」則比任何武功厲害——殺人不用刀。不擅用者，慘過自閹的「葵花寶典」功也。此為金庸收山之作，必有寓意的。

金庸作品皆有插畫，當年報刊的插圖師是雲君（蕭雲君，真名姜雲行），未有緣相識，但十分欣賞他的傑作。「小龍女」的形象便是從他的畫中領略到的，想必所有金庸迷如是。武俠動作——凌厲的外功、輕巧的輕功、沉實雄厚的內功等，都在他的插畫中活靈活現。

另外一位是李志清君，三十多年前由文化傳訊老總關悅強先生介紹我認識。當時與李君合作《漫畫版三國演義》其中一冊《三顧草廬》，由我負責編劇，李君繪圖。李君的現代畫技，大受日本人及港澳台青年喜愛。我首次為漫畫書寫劇本，領略到並非易事，實則上是寫storyboard（故事版），即拍攝視頻前的分鏡頭設計。講究甚麼情節用長鏡頭，甚麼時候中鏡，甚麼時候用特寫。要令到讀者好像看電影畫面一般，非容易呀。李君擅長漫畫表達之道，幾套金庸名著繪了漫畫版，暢銷世界各地，又以金庸故事人物形象繪圖設計成香港郵票，十分搶手，有幸獲李君送了一套。

另一位插畫大師董培新是我多年老友了，他為《新報》、《東方日報》、《天天日報》畫漫畫幾十年，亦為環球出版社繪水彩書籍封面上幾千幅，並創作電影海報及宣傳畫等不計其數。由開始入行以來，畫過

與董培新合照

董培新畫我的漫畫

幾十萬幅畫，真是世界紀錄。

退休後，他致力繪畫金庸武俠小説的場面，畫中加上他詮釋的意義。我在電台節目《講東講西》中訪問過他，原來他放了很多心意在畫中的呀。他太太周恒亦是著名小説作家，曾在《歡樂今宵》共事。原來一直以來，他効力羅斌的集團（旗下包括環球出版社、《新報》等），卻並不認識金庸先生，姑作中間人介紹他們認識。後來，他畫金庸武俠故事的作品獲選為郵品，亦有送給我簽名本，很感謝他。現在他仍然創作大畫，氣勢宏大，真大師也。

記梁羽生（一九二四——二零零九）

另一位殿堂級武俠小説家梁羽生逝世後，不少文壇好友都為他寫下輓聯追悼。

國學大師饒宗頤的輓聯：

昔歲曾及門　難忘兵馬艱虞日

遺編久驚世　能鑄雕龍窈窕辭

武俠小説大師金庸（自稱「同年弟、自愧不如者」）的輓聯：

同行同事同年大先輩
亦狂亦俠亦文好朋友

羅孚的輓聯：

同鄉同學同事 敬武術堪稱同志
能詩能詞能聯 論文藝最是能人

談談梁羽生先生與我一段情緣。事緣七十年代末，譚家明導演欲嘗試拍一齣雜誌形式節目，找我先作試版，訪問梁羽生。

外景隊起程到北角梁公館，開始訪問。

梁前輩除了武俠小說聞名外，尚有甚高水準的散文《三劍樓隨筆》（金庸、梁羽生、百劍堂主合著）、《筆花六照》；又是對聯名家，著有《名聯觀止》，更是中國古詩詞作家及《金瓶梅》專家。他同時是棋癡，曾因迷棋（象棋、圍棋、國際象棋），連新婚夫人也冷落（上述梁氏大作可到天地圖書購買）。梁羽生真才子也，他寫的小說境界甚高，研究歷史認真。偏好歷史乃這代才子的性情。

原來梁先生與我房東簡又文先生也有一段因緣。

有一年農曆年初一，有人按施他佛道二號大門門鈴。我從二樓下來開門，見是梁羽生先生來向簡公拜年，大奇。不久又聞門鈴響，再開門，見饒宗頤老師也是來向簡公拜年，再奇！始知他們三人關係。

梁羽生只是筆名，聽聞他好看白羽的作品，自名為「羽生」。他本名陳文統，廣西人士。

陳先生自少聰慧，好讀書，中文、歷史皆優異，尤好棋藝及對聯。抗戰時，在廣西結識了歷史學者簡又文先生，拜之為師。亦遇學者饒宗頤教授，共同切磋。

後回港任《新晚報》編輯，澳門舉行太極與白鶴兩派之「慈善武術比賽」，當年成一熱門話題。總編羅孚要求陳先生、查先生及另一位編者都寫新派武俠小說應景，陳先生寫了《龍虎鬥京華》，而查先生則以金庸筆名寫了《書劍恩仇錄》，由此開闢了香港特色的武俠小說，一直風行三十多年，也拍成幾十部電影、電視、電子遊戲作品。陳先生的作品勝於人物感情，《七劍下天山》、《江湖三女傳》、《萍踪俠影錄》及《白髮魔女傳》等，都是名著。

有一次，梁羽生回港參加武俠小說研討會，宿於吳多泰博士浸會大學宿舍，早上相遇，彼言不慣西式早餐，遂與之徒步往浸大中式茶樓用粥品及點心，賢伉儷甚喜。又隔數年，再臨香江，適渠世侄曹捷（陶傑）請吃涮羊肉於東來順，叨陪末席，所談甚歡。他言老去，記憶力漸失，分析力增強，須珍用之。及二零零九年，聞其公子告之噩耗，前輩已在澳洲仙遊，感慨不已！

梁前輩為自己的武俠小說寫了這許多詩詞，也贏得了嶺南大詞家劉伯端（家伯父）為他作了一首詞，那是專為其《白髮魔女傳》而寫的《踏莎行》。梁前輩初不識伯端公，獲贈詞後，愛不惜手，玆恭錄如下：

家國飄零，關山離別，英雄兒女真雙絕。玉簫吹到斷腸時，眼中有淚都成血。

郎意難堅，儂情自熱，紅顏未老頭先雪。想君亦是過來人，筆端如燦蓮花舌。

記古龍（一九三八—一九八五）

古龍當然是寫作筆名。原名熊耀華，原籍江西，在港出生，長居台灣，能說流利廣府話。和他見過面，喝過通宵酒，不敵。先數無綫曾拍他的武俠作品：

《陸小鳳之決戰前後》（一九七七），《小李飛刀》（一九七八），《陸小鳳之武當之戰》（一九七八），《小李飛刀之魔劍俠情》（一九七八），《蕭十一郎》（一九七八），《絕代雙驕》（一九七九），《英雄無淚》（一九七九），《楚留香》（一九七九），《名劍風流》（一九七九），《離別鈎》（一九八零），《碧血洗銀槍》（一九八零），《楚留香之蝙蝠傳奇》（一九八四），《陸小鳳之鳳舞九天》（一九八六），《絕代雙驕（重拍）》（一九八八），《邊城浪子》（一九九一），《大地飛鷹》（一九九一），《小李飛刀（重拍）》（一九九五），《圓月彎刀》（一九九七），《新楚留香》（二零零一），《蕭十一郎（重拍）》（二零零二）。

發現《絕代雙驕》、《小李飛刀》、《蕭十一郎》都曾重拍，為何？

古龍兄作品的版權很亂，邵氏方小姐言，都買下所有作品的版權了。古龍則抱怨：港台侵權者眾。

林賜祥、鄧偉雄和我三人到台北探訪古龍，他在杏花閣酒家接待，問我們喝百蘭地或威士忌。我們喝百蘭地，他遂囑司機抬一箱上去。他喝酒與眾不同，杯子舉起後，直接倒進喉中，不經口腔。

古龍酒量太深，不可估計！一夜，四男人加少許女人喝了一箱XO烈酒。古龍仍未有酒意，提議回府再飲。府中，一張長桌，四人坐下，再開烈酒。我等「扯白旗」（投降）了，合約一事，上機前辦吧，感覺上似乎醉了三日三夜。古龍說，還要乘夜趕明天的稿。

其人頭蓋特大的（另頭特大的是雜誌《知識份子》社長繆雨，繆鶱人、佶人之父），據說自有過人之長。可惜古龍命短啦。

傳聞，香港英雄中，只有徐少強酒量可匹敵古龍也。

又，二零一八年，黃軒利大狀太太交來兩張「古龍親筆墨寶」，在拍賣場中得共二十萬多港元，可惜投得者尚未付賬也。

古龍之小說入「新詩體」，句短而精，且圖像性

與 TVB 同事合照，左起：筆者、陳慶祥、林賜祥、羅仲炳、鄧偉雄。

很強。見楚原大導拿着原著，用筆鈎出鏡頭便可拍了。他的作品中名句很多，「最危險的地方安全」、「朋友是用來出賣的」，至今仍為人津津樂道。

再看，古龍的小說沒歷史朝代背景所限，穿甚麼衣服也可以。江湖中，自然有江湖生活，客棧、妓館、賭坊紛紛登場，好不熱鬧；人物也多奇士，卻自然。有人說，古龍描寫在天涯一角的江湖。武俠小說作家，倪匡也該算一個，他多才多藝，之後再詳述了。

鬼才甘國亮

電視台專出鬼才。我介紹這位，真令人不得不服。他便是甘國亮。

在八十年代，是「直線排片」的：即是在星期一至五的黃金時段（晚上六至十一時）內，每半小時便有一個不同類型的節目出現，這些節目並不連續。逢星期一的節目，與星期二、三、四、五都不同；到下星期一，便與上星期一的節目相同了。每個劇集一般做十三集，成為一季節目。追看性呢？每星期只看一次，節目的追看性在於「人物」，觀眾乃追人物性格，到下週又看這角色怎樣。

那時候，甘君拍的《不是冤家不聚頭》、《山水有相逢》、《過埠新娘》、《少年十五二十時》都是受人讚賞的「另類電視劇」。按現在講法，這些劇情和處理方式是「中產者」的電視劇。香港經濟起步後，中產階級興起，但是我們編劇仍然以香港市民最大公約數的興趣為依歸。例如老許教導，切勿在電視畫面利用文字做「笑位」，恐防不識字的人太多，不必要令觀眾思考數秒才笑，要一看、一聽便直接忍不住笑出來。

甘國亮的「中產趣味」劇則不同了，受眾可能即時感受不到幽默，待回味時才領略得到。

我說「鬼才」之鬼，在於他並不是「編劇紅褲子」出身，即沒有正規受過電視、電影、舞台的編劇訓練，本領大都自學回來的。

以下內容是在一次對談中，他自我表述的。

最初，他從澳門來港，考入了邵氏與無綫電視舉辦的第一期藝員訓練班。勝在他有一副難得的樣貌，畢業後即加在電影《蛇殺手》飾演主角。之後，他回到無綫做一些幫閒工作。此時，他遇上留學意大利的博士劉芳剛先生鼓勵，自學編劇本。他以多看外國電影、電視劇來學習，寫劇本別具一格。他的劇集都勝在人物性格描寫深刻，令人共鳴；而且選擇的處境十分巧妙，對白因而「啜核」，使人感到有弦外之意，幽默感豐富。

到了「中篇劇」年代，他的構思可能與別的監製不同，另外想出「不是傳統電視劇」的人物性格和處境，《無雙譜》是其中一典型例子。

《無雙譜》中大量神怪故事的人物造型，從來不曾在電視上出現過，所牽涉的氣氛和場面也前所未有，因而令到供應佈景、道具部門叫苦連天。雖然如此，之後拍攝《輪流轉》才是大考驗。

《輪流轉》主景是一家大客廳，佈景搭二樓，這不困難。但要有一部真的電梯可以由地面升上二樓，便是難題，這是香港電視史上從未出現過的。終於，美術部亦排除萬難，提供了所需設施。

甘國亮又要其中一位角色全場說外地方言，演員不懂說，幸得鄒世孝監製義務幫忙，現場配音，解決了問題。

他要拍其中一景，呈現當年的工展會。我向邵氏借後山搭了景，但群眾呢？不能全請臨時演員，因為要有華麗的紳士淑女，還有選工展小姐的場面。結果，營業部的營業員出動了。

又有一次，他提出一個令美術部也「無符」（沒有辦法）的要求，就是要拍一場「攝影展覽」。美術部怎找來十多二十幅同一作者的「沙龍」照片？倉庫當然沒有，難道問人家借出來？還有其他佈景，諸如「泳棚」，那時都已沒有了，怎搭外置景？《輪流轉》便是這樣「失去預算」，還做死了美術部。

後來看收視報告，那是黃金時段節目，大卡士製作，居然收視不好？公司有微言，雖然未必腰斬，可是會計部交出來的嚴重超支報告實太驚人，「殺豬賠狗」也補償不到。那時老總是羅仲炳先生，他認為此事該由製作總監拿主意。外事部主管張正甫先生反對「腰斬」，認為要繼續拍下去。

我便問甘先生要後面發展的故事，看看還有甚麼情節，最重要是還有甚麼新場景、外置佈景。甘先生還未寫好下面劇本，不能確實答覆。以我判斷，往下必是「無底洞」，此劇已失了控制預算、拍攝檔期和工作效率，不能因一套劇而拖累整個製作部運作，於是我下令「腰斬」。不為甚麼，全因用錢及消耗資源問題。

這次的教訓是，所有監製都要知道倉庫中有甚麼可用，倉庫很大，物資該夠用。還要知道拍外置佈景所需的人力及成本效益多少，這樣才可以落 order（命令），按規劃執行，是真正的「工廠製作」。

我知道這樣會窒礙同事們「海闊天空」的想像，所以同時加強了個別編劇和導演的自我創作空間。例如劇集《幻海奇情》中的各個短篇便是由編導自己起題，那雖是小本製作，但全部自主。現在即使重看，作品還是有水準的。

腰斬了《輪流轉》後，我要找一齣甘先生拿手好戲示眾。我租下了清水灣片場，搭了一間古舊大屋，約了劉克宣加盟，開拍了黑色喜劇《執到寶》，一共十集。

此套處境喜劇的場景全部設在一古舊唐樓中。除劉克宣飾演上角退休消防員可伯外，尚有馮淬帆和黃韻詩飾演的大兒子夫婦，歐陽佩珊和林子祥飾演的女兒及女婿，甘國亮飾幼子，又有「港女」陳琪琪等等。還有被燒死一家的「冤鬼」們，故事說他們常常上身於家庭成員身上。這些「鬼」有惡霸，有風情女人，有可憐女傭及頑皮小孩子等。

甘先生便是用以「人物性格發展故事」的方式來寫此十集故事。這套三十多年前的作品，我到今天還拿來做教材，其水準之佳，學生們都感到「新不如舊」。

另外值得一提的是，因甘先生不要編劇組替他編劇本，只許他個人親筆，因此只有第一屆編劇班學員何康喬幫助過。我也寫過兩集，但甘先生需要的對白難寫也！拍攝也難，因為檔期甚趕，幸得馮淬帆、吳小雲編導義助完成。

我們在清水灣片場廿四小時拍攝，聽聞那裏鬧鬼，奇事多多，我專誠夜間探班，卻未見聞鬼蹤。甘國亮真鬼才也，自學成功之編劇，七、八十年代出了一個這樣的人物，似乎至今再未見有也。

無綫的老闆

人說：「無綫乃大家庭」。這是當年團結人心的話罷了。

既是大家庭，便要有一位「大家長」。早年，董事局主席利孝和先生，在社會上德高望重。他自己是利家的長者，其兄為利銘澤，其父是利希慎，雖然賣鴉片煙，但是當年是「公煙」，買賣由香港政府發牌的。後來他在中環九如坊為殺手所槍殺，即使如此，仍是香港一家「望族」。

照我看，利家子孫都不是靠父蔭發達的。利孝和本身是領牌大狀師，必定是讀書考試得來的。我見其夫人陸雁群女士，也書香世代，很講究衣着、儀態、禮貌。有一次到她家吃晚飯，見到這所獨立房子有一道上二樓的大彎梯，梯旁整幅牆上由畫家繪上香港景色大畫。不知後來他們售出這幢「天價樓」後，新業主有沒有唾棄那壁畫。

飯廳亦陳列許多古玩，利太太頗有古董心得，想是真貨。利家舊宅在灣仔，廳很大，通爽。農曆新年陳總率「百官」拜年去，見到那裏也是一屋古色古香的陳設。

利孝和喜歡穿長衫，如何東等人，做買辦、講番文、讀番書，但鍾情中國俗例。

記得一九七二年發生「六一八」雨災，無綫辦了籌款義演、義唱綜藝節目。我並不是職員，但連忙回廠幫忙，被派到總台門口的小檔口收取善款。利孝和先生穿了長衫到場。他不動聲色，在捐款處放下了若干紙幣。那晚太多人出出入入了，小巴、的士義載乘客上廣播道五台山——那時還是很荒涼之地。捐款者多屬低層收入極少的市民，有小販收市，把所有零錢拿來捐贈，弄得滿屋腥味，但我等視之為「人情

「六一八」雨災籌款，與汪岐負責收善款，後為何定鈞。

味」。亦有下班的婦女，可能是「職業女人」吧，把「肉金」捐出來，亦有濃厚人情味呢！

利孝和先生捐了錢，不記名，小職員不知道他身份，只道是一位「長衫佬無名氏」捐贈。做善事不要人知，才是真善也。

這情況之感人，令到我們年輕人上了一課吧。人人都說「獅子山下」精神，究竟具體是甚麼？便是港人自己幫自己，努力爭取我們社會的公義、公平、公道也。在殖民地社會的生存之道，便是自求多福！

利孝和先生過世之後，副主席邵逸夫先生上場。邵先生祖上是寧波人，長兄邵醉翁先生在上海創立「天一公司」，製作電影，並且外銷電影到東南亞各地。邵老闆亦拍過電影、放過片呀。邵老闆排行第六，故人人稱之為「六叔」、「六先生」。他為人很平易近人，好說笑話。有傳某次他坐在某位夫人旁，講英語性笑話，引得該夫人笑個不停呢！

他九十九歲那一年，步伐不太穩健，由秘書小姐攙扶，但仍堅持不坐輪椅。一次，他很遠見到我，我連忙向他打招呼。秘書問：「記否這位先生呀？」六叔道：「TC 呀！」他一向叫我英文縮寫 TC 的。這證明那時邵先生腦袋十分清醒。

無論是誰請客或是他做東（逢星期二，請官員；逢星期四，請商人），他在晚上十時半一定先行告退回清水灣大廈的宅邸練氣功。難道他真的相信有「氣功護體」嗎？

某次，他教我太太氣功，説道：「氣功不過是丹田呼吸。」每夜臨睡前用丹田呼吸，第二天早起，繼續呼吸，這便是養生之道。他習慣晨早上五、六時起床，練一會氣功，然後吃早餐。邵先生日常的飲食很簡單：早餐是小量的營養食品；午飯都是一個人吃，通常有一鮮蒸的魚塊，再一小碟量蔬菜和兩三塊小肉片。最要緊的是新鮮湯水一碗。他就這樣在清水灣家裏廚房的一張小桌上用餐。晚上應酬不多吃，最多是喝少許的紅酒或白酒而已。其實吃

與老闆邵逸夫先生相見歡

得清淡，對腸胃有益。

中飯後他便會小睡，之後便回辦公室試片間看戲，每天看中、西電影三至五齣不等，到傍晚時分，方逸華小姐便來辦公室接他放工。

邵先生請員工晚飯很有特色，通常先在客廳閒談，然後上座。菜式不多，採自助形式，但一定要吃他供應的麵！據說，那是他在鑽石山某打麵廠訂做，麵質嫩，卻有咬口，湯放、熱炒皆妙。單吃麵也滿足了。可從來買不到這樣好的麵！

邵先生原來是國際大投資家，美國美施百貨（Macy's）他有份投資，連荷里活大片也有他投放的資金。因此他可以借到很多未上演的名片給客人看。他的別墅地庫乃一所小戲院，可容納幾十位客人。通常放映完畢，大家便上一樓享用半島酒店送來的自助餐，款式必定是多及好。又，方小姐節儉成性，餐後多有廚餘物，她會請邵氏宿舍員工前來「清手尾」。

女人一定喜歡大型廚房。她花百萬元在別墅二樓設置大型西式廚房，又添加了大量名貴廚具，不知在此烹飪多少次，但和我開會則只有數次而已。

方小姐名義上代表邵氏公司，與由我做代表的無綫合作組成大都會電影製作有限公司。在兩年內，我和她拍了六部片，期間簽了杜琪峯及韋家輝。那六部片成績也不錯的。

方小姐為人「一流朋友、九流上司」，做她下屬不太好。做朋友，她又實在過份客氣了。一次，我載她往市區，路經牛池灣大斜路，因超速被警察截查，吃了一張價值二百元的「牛肉乾」（罰單）。她即時付款給我，以補償所失。

與方逸華小姐交談

與方逸華小姐攝於越南河內文廟

後來我辭職並移民加拿大，方小姐與邵老闆乘勞斯萊斯到舍下，接我到某大酒店的意大利餐廳吃飯餞別。他們濃情厚意，我不能就這樣跳槽往友台了。邵先生在「六四」那年，曾致電舍下，詢問適不適宜前往大陸旅行。我向他解釋，當時形勢兇險，暫不宜入大陸。

六叔又言，他去世界各地旅行，覺得聖彼得堡值得一去。去了兩次，參觀博物館裏俄國大帝的收藏，名不虛傳也。

方小姐亦受很多非議，主要是她太吝嗇了。偌大公司，以小女人思維怎去經營？怎樣作行政管理？我想是「中國式思維」幫不了忙吧。有時將事情下放，交予信任的人，不失為好事。

自從我賣了無綫的主要股份後，已經很少接觸電視台高層和老闆了。還有接觸的，只有利孝和伉儷、邵逸夫先生和方逸華小姐。方小姐不願意人家稱她為邵太，因她認為邵太邵夫人只有一個，就是邵先生元配黃美珍（Lilly Shaw）。方小姐這種自謙和低調是我最欣賞的。

記余經緯（一九三零—一九七六）

有一段十分奇異的傳聞，是關於無綫總經理余經緯，發生於上世紀七十年代。他是無綫電視創辦人之一，同時繼 Colin Bendall 後出任總經理一職。余經緯祖父乃余仁生，賣中藥起家。其父余東旋是香港名流，余君是他的十二子，於美國唸大學。

余東旋「起朵」（出名）的有他建的三所大屋，通稱「余園」。一所在般含道，一所在淺水灣畔，一所在大埔汀角路，全部都是英式堡壘。余經緯曾在般含道宴請無綫員工慶祝十週年台慶。大埔別墅早期是要划船才能到達的，那是余東旋下葬的墓地，後來無人居住，借予無綫拍攝劇集《幻海奇情》。

周梁淑怡曾介紹余經緯給我認識。他是一位很斯文淡定的第二代公子。至於他有否與孔錦康、李雪盧、陳慶祥（都是時任無綫高層）觸犯廉政公署所查之重案，則不可知也。

一九七六年，余經緯旅行回來因胸痛求醫，入住養和醫院，因有阿米巴變形蟲（amoeba）入血，最後不治，死於壯年，才四十六歲。坊間傳聞甚多，尤以傳他死於「降頭」最廣為人談論。

相傳他的親人在廣播道無綫總部天台擺下「七傘陣」亦無法「解除降頭」。這個七傘陣我倒親眼見過。據說，無綫總部所在的位置，看來彷彿被獅子山隧道出口一道天橋「一刀切中」，風水不好，而位於二樓的「大班房」（總經理辦公室）剛好「遭殃」。當時有法師建議在天台放置七把黃傘擋煞。這傘陣在余老總死後仍然擺放着。

據說余君當時入院後，醫生曾割了他一段腸以驗癌徵，怎料開過刀後，染來的阿米巴變形蟲入血，阿米巴加強繁殖，令病情每況愈下，致使他瘦骨嶙峋。有見過他的人形容，原本近二百磅的他最後只有六、七十磅，真慘。公司天天呼籲職員捐血救他，但擁有合適血型者，只有工程部的黃孝廉而已。余君最後亦乏術歸天。

有傳言余君因桃色問題被南洋女士下降頭，此說不大合理。余君妻子仙度拉當年乃「水仙花皇后」，十分高雅，丈夫大可不必外尋美女了。要麼是尋找洋女，未聞有馬拉女士。余君的死亡太奇、太巧，則多故事、多附會和揣測了！所謂「降頭」，乃黑魔法之類，源起於中國。這些「邪門東西」不要沾手，亦不必考究有無，採取「敬鬼神而遠之」的態度可也！

見鬼

說到見鬼，電視界、電影界這方面故事可多了。我雖不是真的見到靈異東西，也姑且摘錄其四與讀者分享。

其一，**堅城之鬼**。堅城片場坐落鑽石山大磡村，共有三個舊廠房。後來無綫租下，除野草、蓋天花，建街道、置防火，把片場重新恢復過來。但拍攝電視片集時，仍然多鬼異之說。尤其到夜深後，無人敢去女廁。

傳聞有人見到一對女裝繡花鞋，放在蹲廁前面，卻無人（或鬼）在廁格內。究竟何事？相傳鬼怪喜歡看人拍戲，片場、舞台前後及觀眾席，常有「大批那邊的兄弟姊妹」來觀戲。堅城地處山野，孤魂野鬼多，公司又不肯出錢「打齋」（做法事）招安，因此便多故事了。

其二，**總台之鬼**。當年的廣播道十分幽靜，入夜後更是「鬼影熱點」。在地庫的女廁中，有人見過靈異的東西。那裏是服裝間再往下半層的女廁。多數「鬼」喜匿藏廁所。夜深人靜，會聽到女聲飲泣。我下去巡視過，反覺得掛滿衣服的服裝間陰森。無空穴竟然來風，奇怪！順提一處，乃佳視地庫的餐室之女廁，亦有靈異傳聞。我巡視過，無任何動靜，只是聽聞「好猛」而已。又從來未聞害過人，算了吧！

其三，**清水灣之鬼**。八十年代後期我們遷到清水灣的電視城。那裏也是邵氏片場，也曾鬧過鬼。某次

邵逸夫先生攝於邵氏片場

我們正在夜深拍劇集，快要收工了，演員唸完對白後，忽聞「笑聲」！編導及工作人員皆聽到，ＦＭ（場務）以為有人帶了觀眾入場，忍不住笑起來，於是大聲警告必須肅靜，再來一次。第二次又再聽到「嘻嘻」的笑聲。大家發怒了，走遍角落找滋事者，不果。如是者再三聽到笑聲。

大家知道有事發生了，參與拍攝的女演員忙向四角焚香禮拜！然後再錄影一次，這次沒有笑聲了。編導着大家收工，然而剛才錄下的磁帶仍保留着。翌日一早交給製作器材供應部。我聞得有靈異證據，即前去收聽影帶。可是，笑聲失蹤了，真莫名其妙！

其四，**邵氏之鬼**。邵氏公司把旗下的清水灣廠房、附近街道及已棄用的宿舍租賃給無綫，人事部經理程乃根及保安組黃組長與我一起接收。我們先接收的是H座宿舍。

這是邵氏盛世年代的職、藝員宿舍，每個單位都很大。那天我們去到名導演秦劍的宿舍，當年他是在宿舍的廁所裏自殺。

我看過那裏，廁所不大，又沒有橫樑，人怎樣上吊？原來他把窗打開，借小小三角位掛上繩索。把繩索鈎在那兒，腳下自然沒有可立足之物，否則如他因疼痛而放下腿兒，這自殺便不成功了。因此看來，他尋死之決心太強了。據說他自殺當晚賭狗，連續十四場都買「鐵三角」（以三隻必贏的狗隻組合來投注三重彩或連贏），居然一場也不中。他自知賭債難償，又走到山窮水盡路上，意氣之下，走向自殺之路。一位天才就此去世，可惜可惜。

另一房間又是詭秘得很，整間房都髹上「死人藍」顏色，包括天花板。住客乃一名龍虎武師，他把睡床高高築起至接近天花板的位置（至於他怎樣上床還是個謎）。後來有人發現他在床上死了。收房時雖然只是早上十一時左右，但面對這全藍的房間，還是有陰風陣陣的感覺。

另有一大型套間，只見鋼製寫字枱的玻璃下壓着很多照片，都是天一影片公司創辦人邵醉翁（邵逸夫長兄）入殮出殯及靈堂的照片，他死於上海（或寧波）。此套間是其子媳居住的。邵老的樣貌基本上像六叔，可是他卒於物質匱乏的年代。從照片可見整個喪禮儀式很簡陋，屍體只是躺放在床上而已。那時我並沒有保留珍貴照片之心，看了後只是輕嘆一聲。

還有一間較大的套間，滿地皆毛筆寫成的「情書」。內容大概是有位雅士追求紅星，頻頻致信，字體優雅，文字通達。又是看完便丟，無保存下來之心，現在回想，真失敗。

邵氏片場的街道亦甚「猛鬼」。傳聞有人見過整隊「嘩鬼」巡遊，或集體跳舞。方小姐曾請高僧超度，打過齋，平息了傳言。

除此之外，電視城後山仍有幾處山墳，原居民祖墳是也，有人祭祀的。

娛樂界多靈異事，我未曾真正經歷，想是因為「敬鬼神而遠之」的態度呢！

紅伶印象

我認識的粵劇紅伶頗多，今只講和其中幾位的印象。

梁醒波（一九零八—一九八一）

上世紀七十年代，我被時任助理總經理林賜祥召回來擔任《歡樂今宵》的創作主管，因此有機會和波叔熟稔。通常他不消三時一刻便排演完節目，隨即來到四樓員工餐室一角享用奶茶。我必到場，引導他講粵劇歷史及他的經歷、所見所聞，美其名和他聊天，其實是來學習的。人情世故、鹹濕笑話、處世大道……應有盡有，波叔的確是一本知識廣博的「大字典」。

伶人自少學戲，正經讀書的本已不多。唯是戲曲中多牽涉歷史人物，表達的多是世情知識。「世事洞明皆學問，人情練達即文章」，應當奉為做人處世的圭臬！波叔幾十歲人，「眉精眼企」（精明機靈），且有善良之心，對世界萬物看法皆有幽默感。聽他一席話，勝讀十年書，何況一週聽多次！有關當年演出劇目、星馬走埠及香港演出諸事都一一涉及，當中無一言半語人家長短！真君子也。

我和波叔見的最後一面是在醫院，當時他腸癌已到末期，但意識仍然清醒。他告訴我：「齋主（他給我改的花名），而家求去啦！」即是準備死亡的意思。究竟人生到了「求去」地步，多少人會願意講出來呢？這是肯定死亡，便是肯定生存的態度吧！

周梁淑怡常說，老許的演出模仿波叔的小動作及表情。我發現，波叔其實是仿迪士尼動畫《小飛俠》中的水手，所有動作節奏一樣。現在還有喜劇講究節奏嗎？真是沒有！

鄧碧雲（一九一四—一九九一）

上文提到早在拍攝《家變》時已認識大碧姐，後來我們又在佳視拍攝《名流情史》，有了這些合作關係，到處境劇集《季節》開拍時，大家已經很熟絡了。我認識她女兒雷靄然女士，她在柏立基師範學院時與許冠文是同學。後來她又與我表甥女之前夫 Tony 是友好情侶。

我們商討拍攝《季節》的合約，大碧姐提議去太平館餐廳見面，因為可以吃著名的「瑞士汁雞翼」。她懂得人情世故，最重視自己的形象。這點我保證能夠令她滿意。她說話「有骨」（話中有話），多另有所指，亦即我們所謂的「潛台詞」。我也會這一招。一次，她問：「《季節》甚麼時候拍攝完？」我不能答覆，這是與友台作戰的秘密武器，不能公開。我即時用一句她聽懂的詩句作答：「美人自古如名將，不許人間見白頭。」潛台詞是：《季節》收視雖高，還是見好便收。至於幾時才「收」，沒有明確日子吧。她也知道我有難言之隱吧。另有一次，我們在跑馬地任、白家一起竹戰；她常被白雪仙怨罵，但一直不作聲，最懂得作客規矩。大碧姐原來有白血病，最後辭世。我沒有在這之前探她，遺憾。

鳳凰女（一九二五—一九九二）

認識這位「女姐」，因周梁淑怡邀她主持有獎遊戲節目《各位觀眾，鳳凰女小姐》。女姐是一位很大方而開懷的人。講得笑，沒架子，為人超級隨和，一見面便如老朋友般招呼。言語自然，毫不作狀，「有嗰句講嗰句」（直言其事），是我遇到最不造作的女人之一。有一次，她對我說，「細女做護士未婚，不如追求她吧！」嚇了我一跳！

紅線女（一九二四—二零一三）

紅線女是我們《歡樂今宵》審閱胡美屏女士的表姐。

某年電視台在籌備為東華三院大型籌款節目《歡樂滿東華》時，欲請廣州名伶來坐陣，最好當然是請到女姐。她雖闊別香港三十多年，仍有大群戲迷的。我們請美屏探路，要先去信所屬機構，得

與紅線女合照

到批准，才能成事。於是我們草擬一封邀請信，並由美屏帶路上廣州華僑新村親自邀請。到達後，女姐招呼大夥兒在廳上見面，又談了很多「形勢上的問題」，才談到《歡樂滿東華》如果由女姐演出的意義。當年，其子馬鼎昌、馬鼎盛在場，不敢答半句話呀。

演出之前，八和會館主席在美麗華酒店頂樓歡宴女姐，差不多全港紅伶皆出席，盛況空前。女姐在港期間都住北角。她總愛探訪霍英東密友林女士家，故此我送她至半山林家。但是，久久不聞她返回北角宿舍，我大急——如落得一個「投奔自由」的結果，則成國際大新聞了！而我是擔保人，更不知怎辦是好！於是四處訪查女姐下落，幸好她只是「偷得浮生半夜閒」，出外逛逛而已。

後來香港浸會大學欲頒名譽博士予她，我授計校長，一定要效法「三顧草廬」才可成事。之後，我才認識了女姐的二子馬鼎盛君，還邀他做電台主持，這點容後再講了。馬兄告訴我，文化大革命時他們家受到衝擊；文革後，因江青曾到訪家中，須「劃清界線」，女姐參加全日之「批鬥大會」。她經驗老練，暗中取一小椅，可坐一整日。不然，要她站足一天，老婦人怎受得了？真聰明。

徐柳仙（一九一七—一九八五）

在此再加添對一位知名「唱腳」的印象。所謂唱腳，乃只唱不演之歌星，這人就是唱《再折長亭柳》的徐柳仙。

在《七十三》飾阿媽之演員李燕萍本身也是位唱腳，她在深水埗經營「燕萍曲藝社」，每年大時大節都宴請好友吃飯。那年，她請了《七十三》劇中一家人上去吃中秋飯，亦請了貴賓徐柳仙女士。名字早有所聞，但尚未見過真人。

徐柳仙飄然而來，身輕似燕，看上去只得八、九十磅，穿一襲絲質唐裝衫褲，更見「道骨清風」。席間她談笑自如，毫無架子。她的天生歌喉，聞名省港澳（廣州、香港、澳門），為一時最受歡迎的歌星。聽聞她有「芙蓉膏」（鴉片）之癮，後半生過得並不愉快，那是我第一次，亦最後一次見到她，印象難忘，當晚曲聲至今天仍繞耳！

藝員印象

無綫全台藝員我都認識，但我有一秘訣便是「製造距離」。這裏提出的主要有何守信、周潤發、劉德華三位。

何守信

何守信本來在香港浸會書院（香港浸會大學前身）教體育。他在學生時代，常在油麻地大專學生公社的露天籃球場打籃球，我那時大概唸中一，說不定曾在球場上被他驅趕過。

待我認識他時，他已在《歡樂今宵》做主持了。何守信為人十分「心水清」（心思細密），行事冷靜、處變不驚。主持現場節目需要這種人才。我與何君多數在麻雀枱上切磋，由於他冷靜，故有「着數」（好處）。搭子有導演楚原、阿炮（圈外朋友）和他。後加入了「卡通狗」盧大偉、「大眼雞」余子明，間中亦有徐少強、王鍾等。我們多數是搓十六張台灣牌，常登記勝負，並設有「盃賽」。那盃名「巧琴盃」，乃英文「How come」（怎會）音譯而來。（一笑）此英文是何君當時女友常掛在口邊之名句也。

何君主持的風格，乃是熟讀當日 rundown（程序表）。編導要先做好這份程序表，讓主持人事先知道在節目每一段落內，該說多少秒介紹，嘉賓唱多少分鐘歌曲，舞蹈員跳多少分鐘舞等。主持人熟知了，便與編導有默契，即使面對任何突發情況，急需改動節目，都可以應付自如。

須知，電視台按法例一小時內只可放置最多八分鐘廣告，可少不可多。因此現場節目分秒必爭，

與鄺美雲、何守信合照。

筆者（右一）與楚原（左一）、張國榮（中）等合照。

任何情況都要配合，讓預先安排的廣告順利播出。唯有何君能在短時間內應付突發狀況，讓節目如常運作，外間觀眾完全不知另有情況發生的。

至於何君的「密事」如他女朋友及前妻的事，恕不在此公開了。

周潤發

周潤發現在是國際巨星，記得和他初相識時，他不過是無綫藝員訓練班的學員。

一次，我們在天星小輪上相遇，談了一整個船程。他是南丫島的居民，考入訓練班，畢業後獲派做一些閒角。首次擔正主角是在《狂潮》飾邵華山，一個深沉的復仇者。表現不錯，但當時還未算紅透。後來當《上海灘》的主角，光芒畢露。演技是他自己建立的。我聽他説，最重要是演員雙方眼睛有感情交流，如果只是做出動作、表情而缺乏交流，則觀眾難以「入戲」，演出也不耐看了。

周君從來不擺「大明星架子」，我常在九龍城一間粥店與他相遇，見到他和友人一起吃粥、豬腸粉及油條，離開時還給粥店夥計打賞一百元。他又建議我隨他早上一起跑步，通常他清早五時便與友人上飛鵝山，跑一圈才到九龍城吃早餐。他特別研究跑步，還拍下紀錄片仔細研究，十分專業。因為我懶，故不參加早跑，可能有一天或許會隨他跑吧。我知道他從不拒絕社會大眾提出的合照請求，可是我從來未有與他合照。至於他公開說在去世後會捐出全副身家幾十億元，我相信他會信守承諾的。他對金錢的態度很輕鬆，一早將所得之獎牌、獎盃送贈了出去。

劉德華

劉德華與我的關係是「叔侄」，這算盤怎樣打呢？原來二戰前，家父的老友劉具育有三子，分別是劉祥、劉禮、劉波。劉具將幼子劉波「契」（結乾親）給我大媽作兒子。古時上契是合法且嚴格規定的，即是結誼的關係。至劉波長大，娶妻生子，他的兒子都尊家父、大媽為父母，是要斟茶行禮的。辦家父及大媽的喪事時，他們來掛孝；大媽入殮則由劉波作主。劉具與家父為「結拜兄弟」，故他的子女皆稱家父為二叔。

劉德華原名劉福榮，自少隨乃父劉禮依禮拜年，亦尊稱家父為二叔公，十分禮到。因此，與我便有「叔侄」關係。然而，德華考入藝員訓練班，我毫不知情，事後亦無私下協助，他的成就全是他本人努力的成果。

後來，多次知道他協助同業，如陳果、許鞍華等，感覺他仗義為懷，亦是家教優良之故。

劉禮大婚（一）

劉禮大婚。劉禮夫婦（後右二、三）即劉德華父母；禮哥右方為其父母劉具先生、夫人；劉具右方為家父劉伯華。

他的書法不俗，曾為我題寫書名（《往事煙花》），甚為感謝。

除了上述這三位外，還有一些「綠葉」要介紹：曾楚霖、陳立品及鄭孟霞。

曾楚霖（一九一一—一九八八）

曾君在世時與我相談，從來不講渠之「威水史」。及後才知他二戰前是香港「喇沙仔」（喇沙書院的學生），在上海唸聖約翰大學，是「聞人」杜月笙的手下，亦當過戴笠（民國政府時期的軍統局局長）的情報員。他與紅星周璇生有一孩子。我又知道，他早期在港曾辦《東風畫報》，全部「一腳踢」（一手包辦許多事情），也曾當電影副導。在無綫期間，他因面貌似「道友」，多扮演低下階層人物及吸毒者，惟肖惟妙。關於過去一切，他一句不言。「大隱隱於市」，此真「大隱」之士，服了！

陳立品（一九一一—一九九零）

我們都尊稱她做「品姨」。早年已在粵語片中演出，乃正式粵劇出身，曾當全女班小生。和曾君一樣，品姨也不講從前經歷。多演問米婆及打小人婆一類角色，而且角色性格不論慈祥、兇惡、八卦、淑德皆宜。她為人十分風趣，常常板起面孔講笑話，對任何人皆不亢不卑。她夫家在九龍城寨開牙醫，從來沒有做宣傳。後來她在香港電台製作的《獅子山下》其中一集《野孩子》（方育平導演，一九七七年）擔演女主角，該戲榮獲亞洲廣播協會主辦的伊朗影展金獎，所以人們稱她為「影后」，但她皆無動於衷，真演員也。

鄭孟霞（一九一二—二零零零）

雖然她在處境劇系列《香港八一》至《香港八六》中飾演垃圾婆六婆，其實本人是位才女！她是京劇、粵劇名伶，著名青衣（正旦的俗稱），也做過電台節目主持人等。被譽為「上海四大美人」之一，更是中國第一位女私人飛機駕駛員，還開跑車，走在潮流尖端。但最為香港人人熟悉的身份是編劇家唐滌生太太。

她每次見我都以英語交談。鄭氏為人保持高貴儀容，但一提起「某老九」，則有粗口聽了，言「她」只是其「阿奶」（初不明何解，後知乃謂其夫之妾也），無資格承繼藝術遺產……

她住在九龍塘地鐵站附近的別墅，前舖租予蔡和平的製作公司，一家居於後院。到晚年仍不改駕快車習慣。她告訴我，有人在路上駛近，要與她賽車（當時她已八十多歲）。她二話不說便答應，由九龍塘駕駛至獅子山隧道，一直往新界風馳電掣而去。最後她發現：「前面是天空，一片藍色，不見前路。」大奇之下，打開車門，原來車子已經「爬上了樹」，車頭向着天空了。

名劇軼事

《誓不低頭》

第一次接無綫主席親筆簽名信，緣於劇集《誓不低頭》中的兇殺場面。信中邵主席的簽名特大，具有霸氣。信是用英文寫的，大意是責備節目部失職，未能控制「殘酷鏡頭」，被電檢處罰款十萬港元。

《誓不低頭》一劇由李添勝監製，當中的一場講述曾江飾演的角色殺死舅父全家，劇情改編自澳門「八仙飯店」滅門案。添勝老練，早提醒編導「不要見血」，免生被控之虞。然而，情節雖已盡量少見血，但仍然很「兇」。一批觀眾觀看後感到不安，故投訴電視台。檢查後，認為確實，罰了十萬元！對無綫來説，這是少數目，但當時邵主席還是要對總經理陳慶祥下點威風，故有此警告信了。

無綫節目部內設「監察組」，會在節目公開播放前先觀看一遍，如覺內容違規，作一篇文章來，由本人定奪。回想起來，那次事件怎會走眼的呢？

又有一次，電檢官胡姐訪問，監製們與之商討。電視劇中一組鏡頭，描述主角劉德華在男廁小便，檢方認為「不雅」，監製則認為乃「事實改編」，是講述探員在男廁內偷錄而已。問題在「不雅」的感覺，主角背向觀眾，有可「不雅」？此乃性別差異的觀點。檢查女官該考慮片段內容的長度、動機、屬性才檢定，而觀眾不是專業的。

後來，當局改為「投訴乃論」，即有人投訴才着手調查、評定。這種方法有利於收視較弱的電視台。

《京華春夢》

當局限制電視節目內不能有粗口或污言穢語，而音調接近的，如「杏加橙」（粵語諧音是咒罵別人全家死光的粗話）之類的則是擦邊球。波叔常在節目中「爆肚」（臨場即興），常有「呢個笨侄」、「我死眼閉」等語，每次都幸運過關了。這次粗口出現的幅度橫跨二十五集之多，最後竟然又過關了！

事緣某次管理會議上，外事部主管張正甫報告，收到一封觀眾來信，說：《京華春夢》中，老爺鮑方一開口便粗口橫飛！每集他總是提及「娘希匹」這幾個字。邵爵士聽了微微一笑，在座亦無人感到不安！「娘希匹」原來乃江浙粗口，意為母親的生殖器。監製、編導、場務、PA等皆為廣府人，不知其方言，故讓鮑方爆肚了。大家知道原委後一笑，決定重播時再剪掉吧。

《香港早晨》

誰說電視台沒有政治干預？肯定有的。

一九八三年電影《火燒圓明園》正籌備在香港上演，找了新聞及資訊節目《香港早晨》幫忙，放映少許預告片片段。當時這些事情由監製處理，不必上報總監裁奪，更不必上報總經理的。

某天早上大約九時後，我突然接到總經理陳慶祥電話，劈頭即問有沒有看《香港早晨》？這時我正要上班，實在沒時間收看。陳總一反常態，叫我馬上到銅鑼灣禮頓大廈營業部見面。我馬上啟程，心想到底發生了甚麼「大事」？

到達後，我立即來到總經理室；關上門，陳總打開電視機，放映剛才《香港早晨》的片段。該片段是《火燒圓明園》的場景：英法聯軍搶掠圓明園中國寶的場面，由外籍臨時演員飾英法軍人，他抱着寶物在火場背景下亂竄。旁白由主持人葉特生說出來：「英法聯軍火燒圓明園，把萬園之園，有一百五十一年歷史的名園全部燒燬，且劫去大批國寶。」

片段播出後，陳總馬上接到兩通電話，都是由當時港英高級官員打來的。兩位都是在香港當官幾十年的中國通，一位是黎敦義，另一位是鍾逸傑。他們帶有潛台辭的問道：「還要不要牌照？」

在大眾傳媒中，播出令中國人觀眾熱血沸騰的英法聯軍劫掠及火燒圓明園的場景，華人的感情必受到挑動，英殖民官長們怎可以坐視不理？

即便整個圓明園不全是由英法士兵劫掠焚燒，英法聯軍指揮官額爾金也曾准許這個有違文明的行為，而且甚多圓明園的文物皆在西方被發現，這還不是賊贓？

每一個官員都是有責任保護本身的政府利益，黎、鍾兩君見此情況不能不開口了。如講道理，此片已通過電檢處檢查，放映片段是合法的。工作人員及資料撰寫員也據所知的中國歷史撰寫旁白稿，怎算做錯呢？

然而，政治利益是不講道理的，很多時候甚至背離常規。現在人成熟了，易地而處，替港英官員想想，殖民地最懼怕甚麼？反殖民思想。故此，香港開埠歷史中，只說到割讓香港，而不把重點放在英國藉對華鴉片貿易開展狼心狗肺的陰謀上。一旦學生都知道鴉片貿易的真相，英帝國主義及殖民主義的行為及企圖，便不利於殖民政府管治了。說到底，是晚清政府的管治無能，戰爭失敗，「錯」在慈禧而已。

《香港早晨》這一事件發生之後，上級規定所有將於翌晨播出的稿件和影像，都要在前一天下午二時齊備，送到總監辦公室，當我面前圍讀一次，而翌日播放時不可妄加妄減任何內容。

其實，全電視台員工，尤其製作部編劇、導演皆知道哪些人哪些事「動不得」——國共內戰、國共政治人物、英女皇及皇室，以至歷代港督都是不能沾手的。這是「自我審查」嗎？未必盡是。好些人物與題材未必是觀眾們關心的。反而，我們更關注社會時弊，因為小市民都希望傳媒仗義執言，代為他們吐苦水。

記得一次，馮淬帆監製電視劇《烽火飛花》，故事背景是在抗日時期，有國民黨軍隊出現的場景。我們比較擔心的是當中會出現國民黨「青天白日」圖案。卒之，在鏡頭若隱若隱現下蒙混過關了。現在回想起來，是我們過敏罷了。

談起當年的敏感電影，有歷史電影《阿爾及爾之戰》（*The Battle of Algiers*）。這部一九六六年的國際得獎名片，是一部記述阿爾及利亞人民反法國殖民鬥爭的半紀錄片。它之所以在當時在香港禁映，主要是片中有很多反殖思想，甚至有鬥爭者製造炸彈發動攻勢的片段，當局怕香港人會有樣學樣。

同樣是一九六六年被禁的還有荷里活大製作《聖保羅炮艦》（*The Sand Pebbles*），史提夫麥昆（Steve McQueen）是主角，講述一艘美艦在長江巡航的故事，還移師香港拍外景，請了很多演員，包括武師和動作片的演員，也引進先進的技術，在國外得到讚譽。然而，它是香港禁片之一，我沒看過，據説劇情有辱華之嫌！其實所謂辱華，看你是從哪個角度出發而已。

另外一部是《主席》（*The Chariman*，一九六八），由格力哥利柏（Gregory Peck）主演，劇情講述是一位美國間諜科學家在毛澤東的統治下，試圖逃出中國。因為影片有模仿毛澤東之嫌，同樣被禁。

台灣導演白景瑞的作品《皇天后土》（一九八零），描寫文化大革命期間荒謬而血腥的故事。香港當時也有上映，但一天後旋即被禁。最諷刺的是，四人幫在此之前已倒台，而文化大革命已成為該批判的罪行，但電影還是被禁。

跳槽佳視

許冠文之邀

最早約我過檔佳藝電視（下稱佳視）的並非周梁淑怡，乃是許冠文！一日，他約我在美麗華酒店 Gun Bar 見面，言明佳視有意重組，李雪廬（佳視總經理）及他入主，囑我準備離開無綫隨他而去。然而，我當時似乎未有聽他說薪酬有多少。這恐怕是「埋班」（組建團隊）的先兆而已。不久，此事告吹，我並沒有問原因。只知佳視虧損，正在尋找新人入局。

李雪廬先生本在無綫主理市場營業，是一位年紀輕但幹勁十足的人。他在無綫電視「起飛」（快速發展）之初，為無綫設計了很多賺大錢的點子，同時讓自己也分一杯羹，觸犯貪污罪行，與陳慶祥同被判入獄。他在自傳內指此案是冤獄，坐了十個月牢。出獄後自己另立公司打天下。這是否「冤獄」，我難以證實的。但是，李君「出冊」（出獄）之日，約我和另一位梁先生到沙宣道李府飲酒，還看他獨子玩一架大玩具車。在他的自傳中，提到在佳視任過顧問一職。至於原來的組班計劃及後來為何請了周梁淑怡，李氏在書中未載。如今，李已仙逝，我想只有少數人知情了。

周梁淑怡之邀

這事不知從哪裏開講較好，就由林賜祥叫我入房加人工説起吧。當年我在無綫當創作組的一個小頭目，月薪三千元，不錯的。林助總給我加薪到四千五，還替我延長合約，我喜出望外了。加薪，是因為佳視有動作，有些同事已告辭「跳槽」（過檔另一公司）了。林君為固定軍心，便加薪延約。此時，我仍未聽聞周梁淑怡跳槽。我有「外快」（兼職），吳宇森找我為電影《龍潭老鼠》編劇（後來拍不成）。那時日日有小道消息，在無綫中流傳：誰人跳槽了。我早知少少內情，但不洩露出來。不久，林助總又再加我薪至六千，大手筆也！此時，無綫慶祝十週年台慶，有意升總工程師羅仲炳先生為總經理，而竟然不是周梁！那是主席利孝和主意。羅先生貢獻很大，開台前在飛鵝山覓地建發射站，眼光獨到。他所選的地方便是日後發射微波信號的最佳地點，所謂的「慣性收視」便由此起源。安裝總台的工程是他親手辦理，為電視台奠定良好發展基礎。他的家族是「電池皇國」，羅先生告訴我，地球四分一的儲電能量是出自於他家族生意所生產的各種產品。他竟會志在一間電視台當老總？我猜度不會也。

不久，周梁入院誕下么女，告了產假。她產後第一天來電，囑我到醫院見面。我知必定是椿要事，於是推了吳大導之邀，直接到醫院。

只見周梁胸前紮了紗布帶，坐在床上。她直接告訴我：要「拉隊」到佳視去，一齊另創天下。當時的隊友分別有石少鳴、葉潔馨、林旭華、盧國沾和我。

新老闆是林炳炎基金會，管理人是林秀峰。她説，這是一個大好機會為香港電視工業作出貢獻。我當時沒說甚麼。她又說，林氏打算給我每月薪金一萬元正。在一九七八年，這是大數目了。她這樣「一盆水（一萬元的俗稱）」迎頭淋下來，我答：「不準備答應。」又不表示反對。因為當時我約了夏雨等友人到日本、南韓旅行，心想回來再算。

翌日我真的去旅行，怎顧得「大戰前後」。後來知悉，電視圈真是鬧出大風波呀！最後，我還是答應了加入佳視。之前，曾討教許師，然他反對，我不知何故。

新任總經理羅仲炳在密室召見我，他說：「阿賜，你是難得創作與行政能力兼備的人才，因為創作者不能有秩序管理，反之亦是。現在，你不能不去，但答應佳視一旦倒閉，你馬上回來復職！」當時，電視台有「叛將永不錄用」之說以警告離巢者。他又說：「還有，你要答應不『撬』（搶走）創作人員。」因此，當時跟隨我的「徒弟」如王晶、吳雨、陳翹英、何麗全、吳金鴻、邵麗瓊等都留下無綫，改隨鄧偉雄了。

現節選當年兩台大戰的若干風波。

其一，無綫先出撒手鐧，在未收到周梁、石少鳴辭職信前，先發制人，以電報通知「炒其魷魚」（解僱他們）。

其二，派出藝員經理何家聯拉住主力明星，有的甚至要到機場截人，即時簽約加薪。

其三，周梁二人和很多幕前、幕後人員簽了約，使佳視員工人數由二百增多至八百多。

其四，周梁掌管佳視的主要原則，乃「創作主導一切」。其信念是：「有優秀的節目便有良好收視率，便有廣告商投資，電視事業即會成功。」故此，她高薪力邀各方面的製作及創作人才，除製作一系列時裝社會長篇連續劇、處境喜劇、動作劇、武俠劇，更大膽在晚上十一時後「搞擦邊球」播放成人清談節目《哈囉夜歸人》！

周梁於一九七八年七月一日為佳視推出「七月攻勢」，並於香港進行大規模宣傳活動，包括連續多日於多份報章刊登全版廣告。佳視重新排過播出節目表，主力推廣長篇劇《名流情史》，由鄧碧雲、鄭裕玲、米雪、文雪兒、白彪等主演。難得的是佳視邀了花旦羅艷卿出山。此外還有方盈，當年的邵氏明星。至於繆騫人，可能有私事與林秀峰先生忙吧，並未參演。劇中「名流」一角，周梁親自請真正的名流韋基舜先生飾演。他是「二天堂藥廠」的少主人，留學美國，在百蘭尼大學取得經濟碩士學位後，一九五六年回港，六零年擔任彩色印刷的《天天日報》的社長。他年輕時已出任慈善機構總理了，駕跑車，玩體育運動，做過很多運動總會的主席，亦擔任

筆者（左一）與周梁淑怡（中）在七月佳視招待會上。

佳視《名流情史》演員，左二起：羅艷卿、白彪、鄭裕玲、盧愛蓮、方盈、韋基舜、鄧碧雲。

節目主持人，是位活動力甚強大的名流，有智有才。韋八少（他的稱號）告訴我，「名流其實並非我們想像般的為人和表情，只是很多人抱此心態而已。」

可是，這齣劇的命運很短，開拍沒多久，佳視便倒閉了。

先說少少對佳視這位新金主林秀峰的印象吧。他擁有天生的魅力，充滿自信心與「工作必勝」的魄力。第一次見林老闆是在恒生銀行某會客廳，他表示「出甚麼事也不必懼怕」！明言是「未驚過」。我們一班過檔夥伴，除了周梁外，都未接觸過「太子黨」，所謂「闊佬」，故此人人都信他的鼓勵說話。一九七八年三月便開始落力做「開台好戲」。我與他有過少少接觸，事緣一次從麗的電視來的徐姓經理向我表示，林先生欲得某場戲票，但買不到，望我轉送。我拒絕了。不知為何拒絕，總之不給就不給。另一次，接近八月下旬，佳視陷於財政困難，林先生請中飯時問我，為甚麼劇集《金刀情俠》的場景要擺這麼多列桃花？少一點不可以嗎？真難答呀！

佳視新節目亦有由秦煌等主演的處境喜劇《美麗屋》、徐克導演的著名武俠劇《金刀情俠》。《金刀情俠》改編自古龍原著《九月鷹飛》，女主角由余安安主演。這齣武俠劇集口碑載道，讓大家都記得徐克的名字。這位由越南回港的藝術家，縱使在資源有限、只得佳視一個小小二廠的情況下，仍然廿四小時夜以繼日拍攝，精心製作每一集。最記得他用拜神的香枝放煙，製造煙霧效果，使工作人員淚水猛流，但一看拍出來的畫面，超過當時的製作水平，行家皆讚賞，可見徐克是電影奇才也。

此外還有動作偵探劇《急先鋒》，請了久違的胡燕妮加盟，林嶺東擔任導演。尚有成人清談節目《哈囉夜歸人》，石少鳴創作，由三位年輕貌美身材好的小姐任主持。佳視又讓出晚上九時半至十一時半的黃金時段作教學電視，然後十一時半播放一個如此節目可謂「另有一番滋味」。

還有一個節目名《推理劇場》，金炳興介紹作家沈西城給電視台，由他介紹日本作家，佳視再買下日本最受歡迎的偵探小說的版權，改編成劇集播出。沈君與我同赴東京買版權，我們的對象有松本清張、三好徹、森村誠一等，皆日本當代一流作家也。我們由沈君引見，到訪三好徹家。三好先生送給我們版權，不收費。後因事返港，未暇訪松本。沈君獨自去拜訪後，對方亦是免費贈送版權，並在他的一本大作上為我簽名！榮幸之至了。不幸的是，很多文友都為《推理劇場》寫了劇本，可惜佳視倒閉，未能和觀眾見面。

佳視何以倒閉？

電視台舉行宣傳戰，要花不少人力財力。最壞的宣傳戰可以麗的電視的「千帆並舉」（一九八零年）為例。為甚麼麗的重金宣傳「千帆並舉」呢？原因有兩個：其一，太久未能打勝仗，廣告客戶要刺激一下，多做些生意；其二，振奮員工士氣，則這場「以弱勝強之戰」便會有成績了！可是這手段對受眾而言並不是全盤接受的。首先，很多人都會同意打勝仗非看一時得失，而是要長久勝利才算真正取勝；其次，一時打勝綜藝節目，又何必「沙塵」？還看有眾多擁護者的大台怎樣還擊。「千帆並舉」收不到「估計的效果」，反而被竊笑「吻唔切」。當時的人仍是重謙遜的。

至於佳視，在一九七八年挖了無綫重角，發動「七月佳視」大攻勢，又何以在八月底便宣佈關門呢？

先看政府與新組財團之間的恩怨。

一九七八年八月二十二日早上，突然有保安人員在電視台大門上貼上結業通告，廠棚內的工作員工這才接到通知「收工」了。

麗的電視「千帆並舉展繽紛」廣告攻勢（1980）

從一九七五年九月七日開播起，佳視只得三年壽命便夭折了。佳視開播之初，以六角形圖案定為台徽，象徵「禮、樂、射、御、書、數」的儒家六藝。

可是，犬儒之輩便說意頭不好，因為「御、書、數」和廣東話「預輸數」（預了會失敗），敗象已成。早期，何佐治的辦台風格襲自台灣，多播放當地劇集。有些骨幹編導來自商台，皆保送到台灣啟光文教視聽節目服務社（簡稱光啟社）受訓。

蕭孫郁標女士入主後，首拍金庸武俠劇《射鵰英雄傳》，觀眾因此劇而對佳視注目。她繼而購入多部武俠小說版權，如《雪山飛狐》等，又請來粵語片名導演蕭笙、程小東等合作拍攝，使武俠小說改編的電視劇漸成氣候。

面對日漸成形的佳視，無綫馬上拍攝《倚天屠龍記》、《書劍恩仇錄》以反攻。佳視播完金庸武俠劇後，又繼續製作長篇連續劇《明星》、《廣東好漢》等，但那些都不是收視佔優的節目。

一九七六年十月，佳視的財團先增資二千萬（那些年是很大筆數呀！）但六星期後，新資金已花光，主要是先償還前債。接着再由林炳炎基金會入資，準備「三台鼎立之戰」。

之前，蕭孫女士傾全台人力物力製作《紅樓夢》。可惜香港觀眾有多少「紅迷」？一定沒有收視了。《紅樓夢》本身故事沒追看性，是連續劇之大忌也！

林氏兄弟（以林秀峰主導）認為佳視欠人才，挖了無綫周梁淑怡及她的班底跳槽，認為那是佳視復興的希望。作為製作、創作、演出等人員，對於這種消息必定喜出望外，一如早前香港電視注重創意人才，此行才有生機。

然而，當時影視及娛樂事務管理處卻警告佳視，新股東擁有龐大股權，與其投標時的承諾有異（股東不可佔超於百分之十五股權），加上尚有主理人是澳門人，不是香港人。政府成立的「電視諮詢委員會」於是開始「調查」，但該調查報告書內容一直存在黑箱之中，無人得見。

「電視諮詢委員會」要求佳視整頓，之後有傳會吊銷佳視牌照。最後委員會促董事局將林氏所佔股權減至不超過百分之十五，股東又須償還林氏借出的一千五百萬元貸款，使資金水平及行政管理回復「正常」狀態。

大家看看，港英政府施加在「獲得新資金的佳視」力量多大。政府對電子傳媒的規管十分嚴格，因電視台能夠讓資訊進入家庭，明顯地有能力影響市民心態。這種潛移默化的影響實在好大！為了維持殖民地管治，他們對傳媒採取了頗嚴厲的手段。

一九七八年三月，周梁的大軍到了佳視，在這種局勢下，便成背水一戰。新隊伍士氣如虹，全心盡力做到至好！「七月佳視」的攻勢即使按現在的標準來看，也不見低。演員陣容也一時無兩。可是，除了七月頭四天的廣告是爆滿外，之後反而陸續有廣告抽掉，外間的反應也一般。

好些節目如《金刀情俠》、《名流情史》雖都有口碑，卻帶動不到廣告商的支持。好些製作，花費龐大，內部的人皆知不能長此下去，要「睇餸食飯」（量入為出）。這段經歷教訓我們，電視行業需要一段頗長時間投資，更要花費長時間累積觀眾的信心及感情投入，所謂慣性收視，並非一朝一夕形成的；「好」節目須經得起時間考驗，單憑一天好、一週好、一月好、一年好，也建立不到「慣性」。

最後決裂

沒有廣告支持，電視台的「生命」可說是走到了盡頭。投資者也沒有「彈藥」（資金）作戰了。八月中旬，嘉禾電影的老闆何冠昌先生來電說，佳視董事局決定過兩天後全面關閉，囑我回巢。後來我依指示，吩咐秘書收拾一切，在佳視關門的那天到嘉禾上班去了。

形勢至此，周梁亦於八月決定辭職。我們其餘五位隨她一起過檔的主要骨幹（後來大家都稱我們為「佳視六君子」）也一起共同進退，到訪林秀榮（林氏兄弟的另一位）家談判。他提出一些條件，希望能繼續讓佳視撐下去，例如希望周梁能承諾每月遞減開支，縮至二、三百萬為止，從而達到收支平衡。可是，「頭」已開大了，怎可閃電收縮？這樣做的話，變相要取消節目，甚至解僱員工。他的提議令周梁難過，她不禁流出「英雌淚」了。既然談不攏，我們相繼辭職，佳視也隨之關閉，政府對此無能為力，或者是坐視不理。只是，這一條頻道為何後來不再發出來競投？是否因為「少隻香爐少隻鬼」（少一些人來分薄利益）？

由該年三月到八月這五個月，是周梁遭逢的最大挫折了。後來，員工到港督府門外請願及靜坐，要求復工。新聞部編輯兼首席主播何鉅華是首領，於是被控「非法集會」。同年十月，佳視清盤，這宗「電視史上的電視台結束篇」，正式畫上句號。

順便一提，徐克因電視劇《金刀情俠》走紅，後來在嘉禾拍攝了電影《蜀山》，又和監製吳思遠合作拍攝電影《蝶變》，搖身一變成了大中華地區的知名大導演。

說說我們六君子辭職後的路向。葉潔馨女士得我推薦，加入嘉禾，主理製片事務。其前夫譚家明導演也在嘉禾拍攝了《名劍》。石少鳴也入了泛亞影業，買賣西片。盧國沾一度去了麗的，創作了很多曲詞，都有「潛台辭」的，不過後來中風了。林旭華成為了商台早晨節目的主持之一，是很好的時事評論員。周梁淑怡一度加入亞洲電視當「老總」（行政總裁），曾一時令無綫「頭痕」（無計可施），卒又因電視台缺錢而引退，後加入自由黨從政。而我，則如此這般又過幾十寒暑了。

嘉禾歲月與重返無綫

我和嘉禾電影的因緣，早在一九七四年便開始了。那時我在嘉禾當製片、編劇。嘉禾年代人材輩出，現在挑選幾位具深刻印象的和大家講一下。

成龍《師弟出馬》

成龍老父乃國民黨特務，早年離開妻兒効命而去。成龍在于占元所辦的京劇學校習藝時，藝名是元樓。我在李翰祥執導的《金瓶雙艷》中，見他只做小角色，飾演一位賣梨的小販。他在吳思遠的《醉拳》、《蛇形刁手》中表現出色，能夠玩出「滑稽功夫」，有其成功之處。我與他合作，是在我剛加入嘉禾時，老闆何冠昌派我隨他一同討論劇本。

成龍那時候住在酒店，起初入住新世界，後來住喜來登。我的房間正好在他隔鄰，兩房中間有一道門相連。有時我會闖過去，見到有女士圍了毛布坐在床上。我不會說出她的名字，因為太令人不安了。

嘉禾製片廠（即嘉禾片場）

永華電影製片廠，後改為嘉禾片場。

其實，令成龍闖出名堂的主要是他不要命的身手。他的電影有條硬規則，就是必有五場打鬥動作。開始來一場大的，結尾高潮一場是最重要的，通常拍「一本片」（約二十分鐘）。中間有兩場中級動作，適當位置也穿插一場小動作。故事並不重要，最好是簡單易明。如講述復仇、小子如何成長一類。但要求打得合理，能表達中國俠義的精神——鋤強扶弱、邪不勝正、誅奸懲惡，劇情要大快人心，而結局是大團圓的。可能這些都受于占元的感染呀！

但是，成龍入嘉禾公司之前，一定是收過別家訂金，所以左右兩難的。

記得《師弟出馬》開戲之日，有幾名大漢緊隨他，究竟是對方打手？還是他的保鏢？未知底細也。但論工作態度，成龍十分認真，每個大大小小動作都要求嚴格。他為人謙虛，尊重文人，從來不向編劇發脾氣。他腦袋中又多古怪念頭，有些都用得上場，想必是從師父處學來的。

洪金寶

人人都叫他「三毛」。他也是于占元的門生，叫元龍。他外祖父是邵氏泥工領班，三毛隨他出身，因為外祖父姓朱，故又稱朱元龍。

他的身型肥胖，約二百多磅，但是行動十分靈活，比其他健碩或瘦削的武師更加靈活。三毛功夫了得，翻騰動作更是快速，除了出手敏捷，頭腦也聰敏。

他受過的教育只有在于占元班中學過的少許古文。所認識的中文字差不多都在《馬經》與電台賽馬節目中對照而得。但是，聰明絕頂的他，跟隨導演黃風後很快學會了怎樣當導演——拍動作，自己擺鏡頭、分鏡、剪接，以至配音。一手一腳處理，不假於人，功力一流。意境他有的，也懂得以畫面說故事。他當導演，猶勝很多書院派出身的人。

某年，我辭去嘉禾公司之職，回無綫去。何冠昌先生囑製片經理薛志雄帶三毛及我到漢城（現在已改稱首爾了）度假，順便構思些劇本回來。三人日間在酒店房內聊天，三毛講「祭白虎」、「北派武師見鬼靈異」等故事。説着説着，便説到「殭屍」！大家認為有看頭，當下改編了一個日本故事，加添殭屍復生和巫師鬥法的情節，回來後請老友黃鷹撰寫，成品便是開創殭屍電影先河的《鬼打鬼》（一九八零年）了。

洪金寶為電影加入了滑稽動作、驚嚇劇情、奇情和笑料，糅合成為新片種，風行香港、日本、星馬泰數十年。他也把港式動作的元素引進大陸，所以現在被譽為國內「動作片之父」的有兩位，分別是三毛與大眼（袁和平先生）也。

吳宇森

認識吳宇森乃這一生幸福的事，他是一位能共患難的浪漫主義者。

最初在「大學生活電影會」（下稱大影會），時約上世紀六十年代，他好像在影棚做一些場記、副導工作。他愛好看電影，參加大影會便常有好片子看。大家都喜歡當時香港上演的法國片。梅維爾（Jean-Pierre Melville）的《獨行殺手》（*Le Samouraï*），宇森評為：主角是我所看的電影中最近乎完美的俠士。電影開篇云：「俠士，靜者，孑孑孤居，獨領寂寞，世無可比，動者，馳騁縱橫，猶如叢林之虎……。」宇森本就是一個沉默寡言的人，默默地面對命運。無論微時、成名時，都沒有改變。在那個年代，人們都迷上主角阿倫狄龍（Alain Delon），年輕的宇森欣賞的卻是導演梅維爾。因為他掌握了獨行殺手的美學，那不在於面貌，而是在於怎樣刻劃殺手的果斷、感情和內心不可訴説的寂寞與浪漫（電影便是一個浪漫的夢）。這是他年輕時的寫照。很少人欣賞宇森的品格與個性，他六十年來沒有改變；但在他成名後，大家又一窩蜂稱讚他堅忍努力。

那個年代，喜歡電影的發燒友都拿起超八米厘攝影機拍攝「實驗電影」。宇森連飯也恐怕沒得吃，卻以口袋僅餘的零錢，全拿來拍攝。記得一次，在九龍半島酒店外與朋友李楚君（李默）扮作乞丐演了一場。因他懂得拍攝，故作家岑逸飛結婚時，他拿起超八米厘攝影機替新人拍攝婚禮。岑兄説，作品遺失了。可惜。

一九七三年，何冠昌吩咐製片經理薛志雄安排放映宇森的第一部作品《過客》，那是一齣民初功夫片，成龍擔任武術指導。片中雖有很多拳腳打鬥情節，故事內容卻不見得感人。何老闆詢問大家意見，薛志雄期待宇森將來成就為大導演。宇森對《過客》做了修改，並且更名為《鐵漢柔情》，終於七五年正式在嘉禾院線上演。雖然票房平平，但是嘉禾仍然和他簽了導演合約。宇森只收取月薪港幣二千元，另外拍戲再有些酬金吧。這是他頗為失意的年代。

嘉禾公司看風駛𢃇，拍了很多利好票房的電影。無形中，宇森亦擴大了他各類片種的導演經驗。例如，一九七六年的《帝女花》。宇森拍這片時，很耐心聽取白雪仙的意見，也加入了自己的電影語言和個人風格，可惜大家只集中關注雛鳳鳴劇團的演出，而忽略了導演的貢獻。同年他赴韓國取景拍攝《少林門》，是少林功夫片的先行者。現在看來，宇森非常堅持要呈現自己的個人風格及思想，幸好在一系列商業掛帥的電影中仍能暗中保存下來。

直至老闆放心給他自主劇本，他才拍了《發錢寒》、《大煞星與小妹頭》等喜劇。《大煞星與小妹頭》是我編劇的，宇森告訴我，很喜歡女主角露雲娜的樣子，不只天真可愛，更有一股不怕強權、不肯屈服的神態，正是他所希望在電影中表達的浪漫。（後來才有法國片《這個殺手不太冷》的小女子和大殺手。）

一九七四年，許冠文拍攝《鬼馬雙星》，宇森原來有份協助導演的工作。最後電影刷新了票房紀錄，他也沒有特別和外間分享些甚麼。這個時候，他如獨行殺手般，孤獨地等待「一顆星」，那是他片子中常見的象徵。他卒有出人頭地的一天。

吳宇森的脾氣確實也很壞，其實他並不常向別人發脾氣，不罵人，也不諷刺人，更加不會表露任何憎惡之色。唯有在拍電影時，他才「轉性」，猶如人狼在月圓之夜才會轉變到另一性格。

最使我印象深刻的一次，是拍攝《發錢寒》的現場。他突然衝向佈景板，以血肉之前額大力撞擊不會痛楚的木塊！很多同事皆失驚了，幾位老片場卻視而不睹。「砰砰砰」連敲幾下之後，宇森滿面通紅，回到導演寶座上喘氣。茶水大嫂若無其事，端上保暖杯，遞上熱毛巾；他喝下一口茶，又

《鬼馬雙星》拍攝現場，許冠文坐在梯子上。（1974）

筆者（左）在《鬼馬雙星》客串扮演賭仔

改劇本了，剛才好像沒事發生。

事後，我才知道導演發脾氣，學問真大，有虛有實，乃管理現場秩序及促進工作效率的策略。吳大導這次發老脾，乃對男主角不懂演的一個表情有關。他的要求其實頗嚴苛。

至於今天有人說他提倡「暴力美學」。甚麼叫「暴力美學」？恐怕知者不多吧！記得某幾段難忘的回憶。

那些年，我們一起在斧山道嘉禾片場開工。當時是上世紀七十年代初，片場在鑽石山的另一山邊，是永華片場的舊址，一共有三個廠棚。每逢開工，宇森必然早到，先在棚裏看搭好的場景，抽煙，思索。有時，他會吩咐工作人員加一些道具，改一點佈置陳設。

剛在佳視關門後，何冠昌馬上召深夜節目《哈囉夜歸人》的主持人盧遠、亦嘉、林巧兒、陳維英，計劃改編開拍電影版本。老闆親自下命令要拍這齣「急上演、搶時效」的性喜劇，找來宇森當導演。

某天，我們正趕拍其中一場，吳大導便玩起他的首本戲——驚險動作。劇情講述亦嘉被追殺，走到一塊玻璃前，剛好子彈打碎了玻璃，使她花容失色，驚惶失措。如果靠剪接製造效果，會是拍攝亦嘉匆忙逃命的樣子，再接上玻璃爆開的鏡頭，兩者分別拍攝再連接起來便是了。可是，宇森要觀眾同時見到她不知危險走避，同時又要見到玻璃碎裂。這便要冒一點危險了。萬能的嘉禾道具員龍仔，安排了土法發射器，在一枝小鋼管內藏火藥，又以一顆鋼珠當作「子彈」，把鋼管口對準玻璃。亦嘉要在「發射器」前驚惶失措走過，突然砰的一聲，後面的玻璃粉碎，嚇得她花容失色，面如白雪。

這場戲不止伊人花容失色，工作人員也戰戰兢兢。發射器只靠電池通電。怎通電？道具用鐵錘敲下一顆釘子才通電。發射器聲音響不響？能不能射出鋼珠？要看龍仔估計的自製火藥份量！能不能打破玻璃？又看龍仔估計的鋼珠發射力度！最後，亦嘉逃走的時間與玻璃爆碎的時間能否合吳大導心意？天曉得，遑論一有錯手，就真的不是「喜劇」了。

似乎只有吳大導信心十足，這是他做人做事最寶貴的特質。這一鏡頭只可拍一次，再來恐怕要花多一天，我們沒這個時間。

玻璃碎裂聲發出後，導演喊：「Cut!」（停）攝影師沒有表情，亦嘉驚魂未定。宇森打一個眼色給攝影師，他專業地蓋上鏡頭罩，吳導演在喉間發出一下悶聲：「收工！」沒有人叫好，大家默默收拾，亦嘉似乎忍住眼淚！拍出來的效果，一個鏡頭，清清楚楚見到亦嘉真正的驚恐，子彈擊碎玻璃，令人冷汗也冒出來，這就是「暴力美學」！

《哈囉夜歸人》另一場戲也令片場損失慘重，因為燒了C棚！

那天，在棚內需要「吊威也」（用於懸吊的鋼絲繩），也有小爆炸場面，所以工作人員特別小心準備。有一位「軍火專家」老劉，是前國民政府炮兵，專業承接這門生意。老劉為人靠得住，他熟識邵氏、嘉禾片場及各類外景場地，不致弄殃。但這次「意外」他便料不到。爆炸場面完成後，大家收拾東西，一切正常。大約十五分鐘後，天花冒出輕煙，老片場便知道火警了。原來，舊式片廠會在天花板下鋪了麻包袋，內藏大量禾稈草，用以現場收音時隔音。爆炸後，一小火星噴到某個非常乾燥的麻包上，燃點包內有幾十年歷史的乾燥禾稈。星星之火，無聲無色燃燒起來。到大家發現冒煙時，整個戲棚頂都燒了！當時，警鐘早已失靈，員工趕回來撲救。在沒雲梯的情況下，根本沒法運水及滅火筒上燈橋撲火，但吳大導仍身先士卒運水傳上去，奮身救火。

恐怕這也是「暴力美學」的一種體現吧。

自從他赴美發展後，只在浸會大學電影學院一次聚會中再見。那次還見到了久違三十多年的吳太太牛春龍。她還記得，在台灣結婚時，簡單簽字儀式中，是我做伴郎。

再回無綫掌製作部

在正式談我回到無綫執掌製作部的日子，先解釋一下我的做事原則。甚麼原則？劇組常聞「力捧」誰、「冷藏」誰，以為總監操了至高無上的委派權了。我知道這是最危險、最受疑的工作，才捨棄了擁有委任權的位置，只能行使否決權，便可執行公道了。

所謂委任權，即委任誰人當主角。對演員來說，一朝可登主角位，一切名譽利益地位都隨之而來了。我不參加委派，只參與否決，一切乃由監製按角色及檔期決定。這樣做是防止偏私。曾經有監製試圖讓他的親信受惠得益；又有時，公司政策會傾向利益某人的，或者在「應戰時刻」播放重頭劇制敵時，會下令委派某人當主角。但因為我有否決權，而且不必解釋否決的原因，我不贊成的話是決不成事的。

如誰人唱主題曲，那是一項「無形利益」。華星公司一手提拔的新秀，無綫老大哥自有分寸安排這位幸運兒得到「相當不尋常的表演機會」。努力、實力固然需要，「他力」也不可缺少吧。很多時候，幸運兒並不感覺到「他力」在發功呢！

也有受疑的行為，令到公司「懲戒」有關的同事，而他們在外所屬的藝人（經理人合約），也會受到「池魚之災」，多無辜啊！

推戲

有藝員上來「推戲」，即不接受委派，原因可能是他給派發了一個次要角色。就公司政策而言，藝員是貴重的資產，不能毀損。派這角色給此君是必有原因的。藝員只從私人利益處看局面，便有偏頗了。

記得某一次，有位女藝員在下班後上來辦公室「推戲」。原因是她每一套劇集都當女主角，為何在這套新的武俠片她要「降級」當了「二號」（第二女主角）。若我把原因說出來，只會令她尷尬，但我總要坦白說的。我問她，妳當主角的幾套劇集，是誰人任監製？是同一位吧。曾否有另一位監製委派妳當女主角呢？她無言以對。這是很明白的道理呀！我說：「請你早點落實，我們還有很多人等着工作的。」

她也是明理的人，最後接受委派。

最難過的一次，乃是招振強監製的中篇劇，他選了周潤發做男主角。可是周君接了珠城公司的合約，拍許鞍華導演的電影，難於「度期」互相遷就的。我求助於陳總，他親自去見珠城老闆，希望「鈔票能改變現實」，結果雙方不能妥協。我的處境是必要做「醜人」，否則有瓜田李下之嫌。卒之，周君拍了招監製新戲一天後便「失蹤」了！陳總不悅，下令封殺！周君其實在之前已拍了一劇，完成一劇後往外掙鈔票是應該的。可惜遭到封殺，「人在江湖、身不由己」！

幸運兒

即使身處鬥爭的世代，也有「幸運兒」的。某年，香港作曲家及作詞家協會（下稱「CASH」）要改變對無綫的收費方式，便是要多收音樂版權費用。老闆不悅，下令要「開戰」。

首先是不選用所有 CASH 會員的音樂作品。真難題也。CASH 機構龐大，會員眾多且國際化，佔了我們所用的主題曲、配樂、音樂效果等百分之九十八以上。不用的話，怎生是好？

唯有請內地過來工作而未入會的音樂師，由他們為劇集製作配樂。他們未入會，音樂版權自然屬無綫的了。那時尚有前蘇聯及東歐某些國家和 CASH 沒有簽訂互惠協議，因此他們的作品自然可用。然而，辛苦了 PA 為這些事奔走。

我們在談判桌上有了牌面，便容易討價還價了。適逢一九八四年內地中央電視台春節聯歡晚會，邀請無綫派一名歌星赴京。那派誰好？位位都是作為 CASH 會員的音樂出版商的旗下歌星，連華星公司也是。於卒之，找到一間「永恆公司」，他不是 CASH 的會員。我去找他們老闆鄧先生商議，鄧老闆答應了，於是便派和他簽了約的歌星張明敏上京，代表無綫演唱《我的中國心》。此曲四十多年來紅透神州大陸，今天仍時有所聞。張先生可能不知派他代表之內情吧。

最後，邵老闆勝了此仗！

怪事連篇

心算了得「神童輝」

說起怪事，不由不說「輝仔」，又名神童輝。《歡樂今宵》節目決定找一些奇人怪事來介紹，原意並不提倡神怪，而是讓觀眾自己去解釋這些怪現象，可以成為 Talk of the Town（都市話題）。

「神童輝」全名羅文輝，本是東莞橋頭墟人士，一九七八年隨父來港。他父親稱發現兒子有神通力量，心算速度快過計數機運作。

我們邀請這位三呎孩童上《歡樂今宵》現場直播。當然，監製吳雨及主持人何守信皆不會「造馬」（協助造假）。當年監察得很嚴！

「神童輝」的心算本領只在加數，發題者需要唸出數字，如一千二百三十四加五千六百七十八。輝仔可以馬上「計」到答案，快過同時運作之計算機！他並且有能力做三次加數，加完再加。

演出後，幕前幕後均咄咄稱奇！說他真是神童也。於是「怪力亂神」的說法大興。

來自新加坡、自稱有法術之演員野風先生說：「輝仔不敢正視他，因為輝仔身上有東西『附體』！這隻東西才是『數學天才』。」信不信由你了。輝仔在「木人巷」等候時，神態古怪，一聲不出，不似其年齡的小孩子般活潑。表演時，他的心算也只能加，不能減或乘、除。

很多觀眾都珍惜輝仔的天才，希望他日後在數學研究中有卓越成就。這是良好願望。伊雷曾拍一電影，請他演「神童」一角。但是，電影必然不及現場直播那樣有可信性了。之後，輝仔的「天才」隨歲月褪色，最終只有普通人一般智慧。在我看來，萬分恭喜！何須做個被人天天捧出來搖錢的小孩子呢！像平常人過平常生活不是更好嗎？好些人卻說：「附其身的『東西』走了，便失去能力。」真還有人相信的。

任傳媒工作，有聞必錄，且須正正當當，不偏不倚！對於怪力亂神之說也可呈現，我們不要因奇奇怪怪便加添不可解釋的神秘力量，乃導人迷信吧，傳媒該有平衡各說之心態，尤其觸及到宗教上「神蹟」及不能以常識解釋的事物，更要中肯。答案由受眾決定。

折彎湯匙的猶太人

另一件神怪之事，乃出於一位猶太人身上。

七十年代，有一位「跑江湖」的以色列人 Uri Geller 訪港，透過中間人被邀上《歡樂今宵》。他提出先決條件，不是談表演費用，而是他的表演不能錄播，而是要現場直接廣播，不可中斷。猶太人不知道本來此節目就是現場直播的，既有此要求，我們求之不得了。

Uri 本是退役的以色列傘兵，自稱有「特異功能」，屬於念力（psychokinesis）的一種。他聲稱能「讀心」，也能「憑空尋找失物」。然而，是次現場表演的「主菜」，乃其拿手好戲——利用神秘力量「念力」使到金屬刀叉、勺子自動彎曲及斷成兩截；他並且用念力令到停頓的手錶、時鐘復動！真不可思議呀！

是夜，大家聚精會神觀看此奇人，有懷疑是平常魔術表演，也有以為天下間果有奇異功能的！（當時，內地張寶勝、嚴新等人等還未出江湖。現在證明只是魔術、掩眼法之類而已。）是夜之表演「金屬勺子自彎」的確令人「舌頭兒吐了出來」，縮不得回去。失效鐘錶能否「翻生」（復活），則人言人殊了。這是一個難解的奇謎，眾人金睛火眼目擊全程，一點破綻也沒有呀！

雖Uri行走江湖歷史豐富，但也曾遇上翻船。一九七三年，他在美國最受人歡迎的*The Tonight Show*中，接受主持人Johnny Carson訪問，並即場表演。Johnny要求他不用自己帶來的勺子、刀叉，而用Johnny自備的道具，Uri仍答允，可是久久不能以念力令之彎曲！事後他的藉口乃當夜不在狀態。

但是，洋人對這種表演一般都抱有「很好玩」（having fun）的心態。認為這都是幻術（illustration），不稱為魔術（magic）。大眾欣賞表演者技巧或設計高明，不會貿貿然信以為真，不信所謂超乎物理定律之奇異功能呀！香港傳媒慣常在播放前附有警告語，聲明「表演者受過專業訓練，家庭觀眾不必仿效」，真啼笑皆非。

Uri出道以來都是靠「一技傍身」走遍天涯。他懂得說以色列語、匈牙利語及英語，能在這些語區搵飯吃。有幻術界認為：他的秘訣是「手快」換了包；然而，他的經理人及自己不肯承認，還說自己是「太空中的外太空人ET送他來到地球的」。可是，此說太玄妙了！中國人謂「用神術」，此破綻說明此人的表演只是幻術而已。

Uri不只玩勺子自動彎曲，也玩「知心術」！中國早有「他心通」、「天眼通」，可是聞名不如見面了。當晚由主持人盧大偉接待，Uri囑咐他先備紙張，畫好一幅圖案，放於隱蔽地方。節目進行期間，他會以「知心術」揭曉盧君畫的圖案是甚麼！

盧君依囑而行，秘密地畫好，藏於褲袋中，絕口不提。Uri卻吩咐，盧君心中要不斷想着這個圖案，否則，Uri難於「接通」他的內心。節目開始，盧君請出嘉賓，說明底蘊；Uri便開始在黑板上描繪出來。首先，他繪了半個心形，又擦去。想了一會，畫了一枝小箭穿過兩個心的圖案。

揭盅了，盧君拿出袋口中的答案，果然九成相似！仍然有很多觀眾懷疑他們早已串謀，盧大偉發誓一切是真的，他未曾串謀欺騙觀眾。

我也信任盧君，按他性格，絕不會因表演而作弊的。然則，果有「天眼通」、「他心通」？又未必。上述幻術很多人都玩過，我們不知內裏玄機，不便評論吧。唯是，天下間有「催眠術」，使人在不知不覺中透露秘密了，也說不定吧。

麻雀枱上出千

另有一集，是講賭術行騙的。我們請了「師父」上來，介紹麻雀枱上各種出千方法。麻雀國人多玩，出千手法多不勝數，非自己人不可亂湊搭子。

我們安排師父蒙面，不可讓人見到，鏡頭只拍到其手部動作而已。預演時覺得內容十分精彩，本來打算請他再介紹撲克牌等出千術。奈何中午接到電話，來電者自言一班老千要靠此掙錢，電視節目何必識破呢？給少許面子取消吧。

經詢問過我意見，認為還是忍讓好，此種老千奇技揭秘終不見於熒幕了。

我的徒弟與學生

徒弟們

王晶

原名王日祥，大導演王天林的唯一公子。大作《少年王晶闖江湖》第一篇〈入行的第一天〉中記述：「十九歲的少年跟父親（王天林）坐車到五台山無綫總台，希望得到一份暑期工。」在會見節目經理鍾景輝後，他寫道：「跟着我見了一位對我有極大影響的人，我的授業恩師劉天賜先生，他當時是《歡樂今宵》的劇本部負責人，剛接手準備改革。」

王天林、王晶父子。

在此，我需補充一下：王天林監製早前已告訴我，將帶獨子王日祥上來跟我學師，囑我好好教導他。那時候我極需助手。王晶亦是中大校友，是低我幾年級的聯合書院中文系師弟，家學淵源，愛好電影。所謂虎父無犬子，我答應其父，必定會悉心指導。

王晶是我從未見過的編、導天才。學度 gag 不消幾天便上手，而且是好的、用得着的。不只我佩服，連監製汪歧及其他同業編導都驚訝於他的天才。記得某個農曆年，開工之際，我掛了一個「採青」，誰人度得第一隻 gag，可取利是。結果當然是王晶所得了。創作劇本比賽亦是王晶取首名。不久，他成為了「未大學畢業」便已成名的少年編劇。

後來，王晶編了《流氓皇帝》，連陶傑也大讚。他透過結合想像力與民國野史。以「朱錦春」（廣東話諧音「豬咁蠢」，即像豬一樣笨的意思）一生的傳奇，寫下清末民初的故事。十九、二十歲人，有此視野和筆力，真是難得。

之後，他又替無綫打了幾場勝得漂亮之戰。如《千王》系列。《網中人》亦是那年代不可多得的電視劇。精彩的人物塑造造就了謝賢、汪明荃、劉兆銘及「阿燦」廖偉雄的星途進一步發展。

八十年代起，他開始在電影界發展。到今天為止，寫了百多、二百個劇本，拍了數量相同的電影（包括香港及大中華地區），監製過同量的電影，我相信這也應該是一個世界紀錄。

有幾點要特別記下的。他大部份後期的作品都交由執行導演掌舵，意在訓練新人入伍。所有劇本，無論是電影和劇集，都親自執筆。早上未天光已開工編寫，天天如是。他家中盈萬套電影，看過的錄影帶及影碟，我猜除了邵六叔外，他是排第二的了。至於他的見聞也廣，要我形容？「青出於藍而勝於藍」呀！

有關他的品行，我認為他屬於「古人一派」，到現在仍稱我為「師父」。他妻子、妹妹都隨之稱我和太太「師父」、「師母」。在王天林叔叔的喪禮中，我擔任司儀，極力表揚他們父子在電影、電視、創作界的貢獻。

雖然，有人以政見不同，笑我視王晶為「愛徒」。然而一日為師，終生為徒！關係是不可磨滅的。

吳雨

吳雨原名吳瑞雲，上海人。他未入無綫前，在尖沙咀一間公司任事，年輕而愛寫作，也曾投稿商台。胡沙先生主理商台一台時，給我看過他寫的劇本，我們也用過。

後來，我當上《歡樂今宵》創作組主管，收了吳君做徒弟。不記得是他先拜師還是王晶早一點，總之二人乃我最早首徒也。

他極為聰敏，很快上手，幫我度gag。最令我難忘的是一次撞車事件。

事緣，另一徒弟吳金鴻剛取得駕駛執照及購得新車，週末開完會，便約大家往沙田午膳。我有事不能參加。怎料回程時，新車在沙田隧道口撞樹，全車人皆受猛烈震盪，受傷不輕——吳雨小便出血、吳金鴻破相，我另一位徒弟區華漢雙目腫大得如放了兩隻雞蛋，另一位徒弟李建成傷勢同樣不輕。

那次事件真的「要命」：主力Gag King王晶及胡美屏適值放假，新手陳翹英、邵麗瓊才剛加入。幸好有李瑜、鄧偉雄幫忙，我個人獨力撐住節目創作，直至王、胡歸隊。

車禍中各人都要留醫，我到醫院探望，吳雨連走路也走不了直線呀。

到我重回無綫時，任命吳雨為《歡樂今宵》創作主管、監製。他與陳家瑛、梁家樹、甘志輝等歷代監製都合得來，處事有分寸，又願意學習。最後交託他掌管黃金時段，雖經歷多番危機和大風大浪，亦都捱過來了。其間他製作了《幻海奇情》、《銀光 2000》、《觀世音》、《季節》等短劇，還有「幸運星」的遊戲項目（都是《歡樂今宵》的內容），以對抗友台的攻打。吳君真百勝將軍也。

我離開無綫移民後，他升上接替李沛為製作總監；後又辭職，任華星唱片總經理。之後他又先後擔任多家傳媒和娛樂機構的創意總監和高層管理人員，如英皇娛樂集團有限公司執行董事兼行政總裁、國際唱片業協會（香港會）主席、英皇娛樂創意學院校長、亞洲電視數碼媒體行政總裁等，並獲特區政府頒發獎章。

吳金鴻

他在無綫有個「花朵」（花名）叫「鴻爺」，是位漫畫家。李瑜，又稱「狗仔」，本是畫漫畫的，加入無綫後做蔡

楚原、南紅夫婦（前右一、二）、羅蘭（前左一）、李瑜（後左）、吳金鴻（後右一）。

和平屬下漫畫師，他介紹「狗仔」與金鴻認識。一開始是度 gag。他為人十分有責任心，但卻非王晶級數的「天生 gag 王」，很辛苦才度好一個。有一次寫短劇，是《歡樂今宵》那種一個簡單佈景做最多十分鐘的搞笑「單場劇」。胡美屏說他做到滿頭大汗還未完工。

很明顯，他要做到最好啦！後來，吳金鴻做了李瑜監製節目的「總編」，直至退休。退休後，吳君的水墨功力大進，「我筆寫我心」，所畫的充滿「畫味」。現在旅居溫哥華，頤養天年，真神仙也。

陳翹英

陳君是自己入台找我的。他是位「前進青年」，看書也多，醉心於創作，除了是《歡樂今宵》的主力，也是行政人才。

他曾經做過德寶公司的創作主管，掌理過亞視製作部（總監），以殭屍劇集取得優異成績。

無綫第三期製作人員訓練班、第十一期藝員訓練班開學。

他是《上海灘》、《天龍八部》、《射鵰英雄傳》、《輪流傳》、《楚留香》、《名劍風流》等編劇，也主理過處境喜劇《香港八二》，是創作多面手。各類名劇皆出於他手筆。離開香港電視界後，往內地發展，編過不少名劇如《母儀天下》、《霍元甲》、《大理公主》等，名噪大中華，被譽為「香港第一編劇」！近年則回港助我開辦編劇課程，培養新人，真是我愛徒也。

邵麗瓊

我唯一的女棣，早年在《歡樂今宵》學寫 gag，後來成為電視行業中首屈一指的處境喜劇高手，同時為多部無綫喜劇的監製及編審。她與杜琪峰合撰《審死官》、《濟公》、《東方三俠》等名片，更多次被邀回無綫主政創作部門。她是位忠心於創作的編劇，未嘗試改行做導演也。現在是女性編劇的前輩。

黎彼得

記得我住在九龍塘施他佛道簡又文的小洋房時，一天晚上門鈴響起來。我開門後只見許冠傑帶一位瘦削男子來訪。大家介紹後得知他乃黎彼得，時任司機。冠傑請我收他為徒，安排他加入《歡樂今宵》，於是我着他翌日返工。黎君對押韻、「食字」的寫作方式有專長，原來他出生於是粵劇世家，伯父是大老倌靚次伯。

雖然他在《歡樂今宵》度橋，終究他的本領是填詞，為冠傑創作了很好的粵語曲詞，有意義，也趣怪。

鄧景生

他是我最後的弟子，在澳門出生，元朗屏山鄧氏的親家。初時入無綫編劇班，後跟我到佳視，再轉到嘉禾公司，與岸西的前夫童路一起編寫成龍的《師弟出馬》。我離開嘉禾公司之後，他一直在成龍的班子工作。成龍少年失學，文字創作上都依靠他。成龍很多電影都出於鄧君手筆。我教學時用的《胭脂扣》，是他策劃，主題曲的詞也是由他填。鄧君不敢居功，只言編劇是邱剛健，原著李碧華。其實，他在剪輯上給了很多意見。如今又助我教「大師接班人」編劇班，是位好徒弟。

何麗全

何君是早期無綫編劇訓練班的學員，學喜劇及gag show。派往《歡樂今宵》工作，繼而升為主任。後來，成為吳雨的得力助手。

筆者的編劇徒弟有鄭丹瑞、邵麗瓊、陳翹英等。

離開無綫後，在電訊盈科旗下NOW電視、香港電視娛樂及亞洲電視數碼媒體主理行政。最早期與我寫《溫拿狂想曲》。無綫很多大型節目都是他策劃的。

學生們

黎文卓

黎君真是「橋王」，他的花名是「白癡黎」，有很多「噱頭」（點子）。在火車上可以說服素不相識的人投資，真厲害。他是左派學校出身，自己找上門來為《歡樂今宵》度gag。時為一九七七年。

他並非我的徒弟，然他仍稱我為師父。在《雙星報喜》完結之後，編劇都不敢沾gag show了。黎君與林超榮卻試做《笑聲救地球》，十分成功，是難得的電視作品。黎君先後任職各電視台（無綫、亞視、有線）的策劃，撰寫過不少收視佳的綜藝性節目，如《蝦仔爹哋》問答節目、遊戲節目等等，本領太多了。

到了亞視，他負責節目策劃、管理藝員、出版刊物，可見他擁有全方位的才幹。後來北上，在國內電視搞節目及演出事業，宣傳推廣事業，多姿多采，無事不做。

此外，他又在各大印刷媒介撰寫專欄，出版書籍和經營出版事業，典型的香港「世界仔」是也。

林超榮

同樣不是我徒弟，卻稱我為師父，他師父該是黎文卓。《歡樂今宵》出身，起初也是參與度gag，之後再負責其他綜藝性節目。其後，成功當了影評人及電影編劇。他多撰寫笑片，成績是好的；也拍攝社會片，現在是《十八樓C座》的編劇。他在港台電視部參與《頭條新聞》幕前幕後工作，現在於港台一台主持《開心日報》。

林君為印刷傳媒撰寫專欄，在居所附近又開了「小林書局」。他也曾當過香港電影編劇家協會會長，公餘還為我教育下一代編劇呢。

他首次執導的長片《江湖悲劇》，無論口碑及票房均失敗。難道編劇真的不可試做導演？

在香港電影編劇家協會授課（2018）

韋家輝

韋君是編劇訓練班同學。他很少説話，人稱他「韋小寶」（其實一點也不似）。訓練班畢業後的學生一般還是「死蟹」，意謂需要再訓練幾個月或做多幾個劇集才上手的。新人在度橋會中，只有旁聽、抄寫及買咖啡的份兒。要寫作則要靠自己再推敲，編審是不會再詳細教導了，要自己領悟的（跟不上的便離隊吧）。一般跟劇一年便可上手，可寫劇本，算是天才了。三、五年未有成就的是等閒事，只有天才如王晶、韋家輝例外。

韋君之前從來未學過編劇，但是明白其中奧妙，懂得拿捏觀眾心理，功力老到。他的才能很快便為人發覺，很快升上劇審，並無懷才不遇的情況。

一套劇集之所以受歡迎，人物性格非常重要，韋君設置的人物如丁蟹便是香港典型人物。在《大時代》中，他以人物性格發展故事，劇情已得盡人心和共鳴了。

其次，韋君着重「發生劇力的場所」，即處境。處境巧妙，劇情自然吸引！他主理的劇本都是上上作品。這證明了，電視劇成功與否掌握在編劇的手裏。

韋君有奇特思想，他與杜琪峯合得來，於是我特別推薦他們給大都會電影公司，二人一起簽約，一位編、一位導，好事成雙！今天，已成為傳奇人物了。

林紀陶

林君多才多藝，本身是一位出色的動畫師。老總陳慶祥派我在深圳八卦嶺買廠房，開設翡翠動畫設計公司，打算進佔動畫市場先機。我們在上海及內地請一批動畫師來，準備生產動畫。初步很難請人，人數不夠，自然不足以製作長篇，便走短篇路線。我找回石少鳴君打理，是他介紹紀陶來的。

這位年輕人才廿多歲，設計了熊貓博士和機械人YY兩個角色，由他們講述一個個成語故事。這套動畫我命名為《成語動畫廊》。現在看來，節目益智而教育娛樂性並重，而當時大陸動畫師的繪製水平也是不錯的。

然而，老闆並非如此想，結果收回這製作，改由TVBS的何順忍主理。那是另外一種生意了。

林紀陶在香港電影編劇家協會授課

我繼續與紀陶聯絡，他除了是香港飛碟學會的幹事，還有很廣的研究範圍：神怪物事、邪教、佛教經文、民間宗教、黑魔法、巫術、外星生物、奇異事態等等，與我興趣相近。

紀陶也是編劇，以作品《白髮魔女傳》獲金馬獎最佳編劇。他身兼影評人及電台電影評論人等專業。我們常常見面，也參加我組織的網台FOURum，說靈異鬼怪，同時亦助我教導「大師接班人」的課程。

他稱我為「師父」，我愧不敢當了。

鄭丹瑞

當年他在浸會唸書。畢業前一年，申請來無綫實習，獲派到《歡樂今宵》創作組，便日日夜夜度gag。（那時的見習生尚有：伍家濂、麥繼安，他們都稱我為「師父」，實在沒有甚麼教過他們。）鄭君曾經請我介紹出鏡幕前，我沒答應，後來才知道，原來他是一塊上好材料。

張小嫻

她是無綫編劇訓練班同學，應該上過我的課。

當年，廣播處長張敏儀女士欲叫我重開廣播節目，我提議和陶傑拍檔，她交給二台台長張文新處理。張君找到小嫻加入，我們便於一九九六年在香港電台二台開播《講東講西》（我取此名的，因為陶傑是廣西人，我是廣東人）——一個沒有程序表、沒有講稿、就題目自由發揮的清談節目。六十年代前輩簡而清、黃霑等曾主持節目《東西南北》，全靠主持人對文、史、哲、藝、社的通識。小嫻畢業於浸大，女性觀點獨特，可接得上，只是後來她忙而退出了。

她忙甚麼？忙於寫小說。她早期的一兩部愛情小說已風靡中文讀者，現在小說在大中華地區有上億讀者。最近在港島意大利高級餐廳見到她，風采依然。

處境喜劇

香港電視台的檢查制度改為「投訴乃論」後，將黃金時段，即是晚上七時至十一時定為「合家歡」時段。此時段播放的內容不能有「暴力、色情、粗俗行為與語言」。九時半後，限制放鬆些，像播放《歡樂今宵》這類節目，準備給觀眾休息時間，聽歌、笑一笑，然後入睡。可是，有部份觀眾看完了兩個鐘頭劇集（《歡樂今宵》播放前的兩個小時是戲劇節目）之後，仍轉台收看亞視的戲劇。當年《歡樂今宵》失去觀眾的原因正在於此。無綫的生意手法是「寸土必爭」、「分秒必爭」，加入長篇短劇如《季節》便是為了「抗衡友台」而做的。介乎兩線劇中間也有半小時空檔，高層想製作一些「慳皮」（省錢）的處境喜劇，這便成了製作部的任務。

如是，記起早年許冠文訂下「井底蛙」計劃，是一套半小時長度，每天連續播放的處境喜劇。這樣便可以填上兩線劇中間的空檔了。首先，我找去了廣告公司的曾勵珍回巢。她飾演過《七十三》角色，也做過ＰＡ和編導。

困難是有的。一週五天，都以時事為題材。編劇須晨早看新聞，限時商討主題及諷刺甚麼。之後要馬上執筆寫稿，中飯前交稿、抄印，下午二時排戲，接着馬上拍攝，八時半前一切已完成，即刻播出。問題是，如何諷刺當日新？不是七嘴八舌大罵胡說一輪便算，是要一個完整的故事。其次是笑點，內容要有幽默感，一定要讓觀眾笑。我以為派五位編劇負責，便是輕可的差事。每人每週工作一天，其他日子幫助同僚想內容而已。可是，後來編劇主管告訴我：「編劇覺得磨損度太厲害」、「不喜珍姐管理太嚴」。到今天，仍不明白何以「磨損度厲害」。一週工作一天而已，怎磨損？

原來，每天要找出新聞中的「荒謬點」而諷刺之，真是難題。這關係於編劇的質素、視野、修養、知識廣博度等等。此一「井底蛙」概念原創於澳洲，也是的，他們的工作人員和資料搜集員的質素、待遇，豈是無綫給予的條件所能比？這樣一來，處境喜劇逐漸為家庭倫理劇所取代。如九十年代的《真情》，婆婆媽媽，卻十分收得，這是我始料不及的。

《香港八一》劇中的角色，我與曾勵珍設計了很久。我們找到老牌演員黃新飾演橫巷快餐店主人，角色是我父親的性格投射。樓上風水佬，我找來商台老師李我，他久閱江湖，演來得心應手。通天經紀陳積，角色設定是世界仔，於是找來港台播音藝員顏國樑，演活滑頭和小聰明的性格，絲絲入扣。羅君左飾演他老弟，設定是一名唸人類學的中大學生。有編劇寫他是因為入學成績不理想才報此系，引來該系學生抗議，由公關部總監張正甫平息了。還有語出驚人的垃圾婆六婆，由多才多藝的鄭孟霞飾；常以為自己是新文藝青年的一角，由李成昌飾，這些角色都一時無兩。最後一天，仍未找到合適的女角，幸藝員經理何家聯找到梁醒波的女兒梁葆貞女士，她由廣州移民來港，適合做「順嫂」呀！「順嫂」這名稱是無綫編劇改的，這角色沒甚麼學識。漸漸地「順嫂」一詞亦時被用作形容香港一些四、五十歲、教育程度不高，看電視以為真實，大剌剌討論而又大言不慚的婦女。

現在黃新、羅君左、鄭孟霞都已故了，仍在生的綠葉的還有誰？留在無綫的似乎只有珍姐一人了。

電視台雜憶

藝員訓練班往事

一九七一年無綫與邵氏合辦第一期藝員訓練班，之後各屆皆培訓了很多幕前幕後的人才。現時香港電影、電視界、歌唱界的精英都從此所「少林寺」出來的。

我接手時，已派了劉芳剛任主管了，並租了吳楚帆位於對衡道的家的二樓為中心，又請了鄭有國、孫嘉文老師任教；亦有程乃根、馮永幫手。當時的訓練班教師一流，各方面都照顧到，如身段、舞蹈、唱歌、武術，甚至魔術、雜耍、發音都會有專人指導。演員修養及編、導技巧也在訓練之列。我也是導師之一。呂良偉、廖偉雄等等，都是我的學生。

以下記述一下面試的情況。

當年，面試要借用浸大舊校址的課堂舉行。考生先坐在外面的長木凳上，等候呼名。當叫到他們的名字時，考生要從課室的另一邊進入，走到面試桌前的指定位置。訓練主任劉芳剛會留意考生怎樣走這數步來，看他／她是否跛子。到指定位置站好，則看此人服不服從指引。考生通常會站在離黑板一段距離的位置，這樣便可以看到他是否有近視。一切停當，開始各就各位。

有些考生太緊張，看不到地下標記。有的看不見黑板上的幾行字，有的會走到窗前呼吸空氣，有的則操鄉下口音，不知他說甚麼。我們都要忍受，不動聲色。

面談完畢，才是「戲肉」。我要觀察考生「退場、下台的態度」。上台登場時，大家都會準備最佳姿

筆者領隊參加公益活動，隨隊的 TVB 演員有劉青雲、陶大宇、藍潔瑛、曾華倩等。

在無綫藝員訓練班結業禮上演講

態，但完成後，便會放鬆下來，鬆懈了。這時他們的真性情流露無遺——有伸出舌頭者、有鬼鬼祟祟閃縮離場的，有偷笑的，林林總總都有，很好看。所以選人最好看他／她下台了。

記得劉嘉玲面試時，操一口蘇州話口音的粵語，我們不接受，畢竟是粵語電視台呀！只有「外江佬」劉芳剛求情，讓她入班，一年後沒任何改良的話才請走吧。劉嘉玲後來成了影視紅星，導演果然有眼光。

梁朝偉、周星馳的訓練人——林麗真

梁、周這兩位仁兄是大紅大紫的明星了。他們在訓練班畢業後，去了兒童節目《430 穿梭機》當主持人。很多學生都希望被戲劇監製看中，委派做戲劇主角或二號角色，甚少人主動要加入兒童節目的。可是，派入這裏正是「再訓練」的大好機會。監製林麗真女士是研究兒童心理的，工作態度認真，願教導新人。

他們給派到兒童節目組，交由林麗真管教。主持人並不易做，飽受磨煉才可成材——一週五天，天天須有新意。如果受不了轉行去。梁君、周君、鄭伊健等當年若沒有機會受她栽培，亦不會有今天的成就了。而且林麗真是大好人，不會殘忍對待受託者的。

各成功者該先感謝林監製栽培之恩呀！

上市股票事件

一九八四年一月五日香港電視廣播有限公司（HK-TVB Limited）成為上市公司。

之前，由利孝和、邵逸夫、余經緯、英國獨立電視台、機利文洋行及美國全國廣播公司合組成「香港電視集團」，在一九六五年港英政府發出地面牌照時投得，並於一九六七年十一月十九日開台，由 Colin Bendall 這位澳洲請的老總做開荒牛。

十六、七年後，隨着香港經濟起飛，公司上市了，所發行的股票能夠在聯交所買賣，那是生意人重大的決定。

那時，無綫由邵爵士主政，董事局願意分享一部份股票給部門主管。這些股票不需抽籤，只要在限定數量之內，而你又買得起，便可以盡買。我沒有額外的金錢，只能向新鴻基銀行借款港幣十萬元，購入新上市的股票。

一日中午，接到老總秘書小姐電話，於是趕到總台二樓。走進大班房，老總及何定鈞先生在座，着我簽一封信，內容大意是把原來我可購之股票餘額，全數由老總接購。因餘額是我名義下的，日後要歸還給他。我認為，幾多都無用，我的能力只可購入價值十萬元的股票而已，遂簽下。

有人對此事有微言，說老總何不早通知各人，讓他們買盡公司給的「利益」？

翁美玲事件

另一宗乃三十多年前之事了。海外舊同學來電詢問，吳雨拍「鬼」片時請我講一次，大導演楚原大笑他們朋友的老婆愚昧……總之，就是一宗莫名其妙的謠言。

事緣，無綫小花旦翁美玲開煤氣自殺。有人聽到香港電台早晨新聞報道：「有二人同送浸會醫院」。後又改為「一人」。

此事乃星期二早上發生，我要一早回總台開營業、節目及製作會議。八時許，首先節目部黃筠君來電，說得聞翁美玲於香閨自殺，已送浸會醫院。我叫她鎮定，明星自殺謠言每天發生。及後，孫郁標亦來電，是同一說法。我便致電藝員經理何家聯，請他到醫院查察一下。之後，我便回總台了。

總台這時已有記者守候消息。我要開完會，知道何君報告才能回答。十時許，我在總台大堂向報界宣佈噩耗。

這謠言並不是當日早上見到我的記者發出的。謠言指：翁美玲與我一起自殺，一起送院！更奇妙的是，楚原朋友的妻子「親眼」見到我在浸會病房中接受急救。楚原為之大笑，乃因當夜他與我正竹戰，何來自殺？

總之，此圈內多謠言，亦無須介懷。日後還有謠言說：「我頂替老總而已。」亦有謠言說此乃一宗神秘謀殺案！

沈殿霞印象

沈殿霞又叫「開心果」，人人叫她「肥肥」。年輕時，見她在中間道公園玩，是位很得意的胖女孩。她為人十分「大情大性」，可以說是沒有機心。這樣性格的人，居然在影視界「揚帆四十多年」，大受人們尊敬、敬佩。可能正因為她就是率性而行的人。

怎見得？我為《東周刊》撰寫專欄「天賜良朋」時，前往訪問肥肥。我與她份屬鄰居，又是麻雀搭子。她家在廣播道鄰近某大廈地下。太太常探望她，愛吃她弄的上海小吃，和與她尚在襁褓的女兒欣宜玩耍。我該在她家中訪問，但最後去了某會所進行。

我並不想挖人家不喜歡的話題追問（有人卻認為這樣會更吸引讀者），然而她卻主動談起與鄭少秋的一段姻緣。她說為少秋冒生命危險懷孕，亦冒生命危險剖腹產下女嬰，可惜他最後毅然離開，令到她受了重大肉體上及精神上的傷害。說到這裏，她哭起來。我亦沒法處理這個場面。她真的傷心欲絕。「開心果」哭了！沒有人見過的。

她亦是豪爽的女人，弄好了上海小菜及湯水，會讓傭人送上化妝室，和大家同享。聞說，有人急需周轉，她馬上開出數千元支票幫忙，大有俠義之風；且為人公正，有道德勇氣，路見不平，拔刀相助。當今還有多少這樣的女英雄？

她病重時我有透過人問候，可惜她出殯時我不在港，未能參加追思會。

我的愛好

追尋殭屍與吸血鬼

我喜歡研究殭屍與吸血鬼，還有人狼、喪屍等，為此更曾遠走羅馬尼亞去。

我研究殭屍、吸血鬼凡三十多年了。要注意的是，殭屍不等同於吸血鬼（Vampire）。這些物事都叫「不死物」（undead），分別是殭屍吸氣，吸血鬼吸血。

為甚麼喜歡？因為不止這些物事怪異，全世界皆有關於「不死」的傳說。人乃生物，有生必有死，但人又總不願死去，所以生起一個

扮吸血殭屍

良好願望，就是「死後有另一存在空間」。然而，不死——永遠不死，如吸血鬼那般，又有否意義和是否快樂呢？再深入一點，研究涉及的領域包括了哲學、史學、文學、考古學、藝術、神學、民俗及民族學等等……太多太多了。研究者還可以涉獵名著、電影、音樂、繪畫、戲劇等等媒介，牽涉多種門類知識，學之不盡。

發現了它帶來的趣味後，我便按照伯蘭．史杜克（Bram Stoker）的小說《德古拉》（*Dracula*）所載的那樣，安排了一次旅行，由匈牙利首都布達佩斯（Budapest）到羅馬尼亞首都布加勒斯特（Bucharest），專訪歷史上及小說上的

在德古拉宮殿（Dracula Palace）前留影

攝於德古拉伯爵的油畫前

德古拉伯爵其人。

我沿途按照小說乘火車代步。在火車上遇到的羅馬尼亞農夫十分親切友善，又訪問了附近小鎮。最後租私家車及僱司機遊「吸血鬼古堡 Bran Castle」（原本是羅馬尼亞皇后及公主的別墅）。目前仍未訪德古拉歷史上的出生地，及他生前居住的古堡及埋葬之地（曾到過他毀壞了的宮殿及歷史博物館偷拍）。

然而，羅馬尼亞人尊敬他。德古拉的原型是弗拉德三世（Vlad III），他為民族與鄂圖曼帝國（Otto-man Empire）死戰，對戰俘殘忍之極，施以木穿身體的刑罰，故西方人士把「吸血鬼」的形象投射在德古拉伯爵身上。透過小說、電影等的改編和誇大，讓東歐這種「不死傳說」衍生出一系列恐怖商品，繼而改良為高貴而驚慄的故事，近世再轉而變成浪漫的愛情故事。（其中亦有加入「死亡的哲學」和黑色幽默。）

殭屍是中國明末清初的產物，起源於筆記小說的道聽途說。八十年代，香港電影界人士將之加入滑稽動作元素，成為令電影賣座的好題材。電視劇集亦拍了不少。可惜，除了動作外，甚少在當中加入主題思想元素，因此觀眾很快便對之失去興趣。中國西北有趕屍傳說，亦很有趣味！

西方除了吸血鬼文化外，近年興起的還有「人狼」（werewolf）及「喪屍」（zombie）。喪屍也脫離了「巫毒教」喪屍的原型，變成現世科學研究發展的後遺症，或因受惡毒細菌感染，以致不能控制的不死生物。這些「新品種喪屍」都是人類社會難於駕馭的敵人。

這些不死怪物在精神上、肉體上打擾人類，卻同時是我們娛樂的材料，值得深入一些認識的。很多人生處世道理都得以透過「不死物」啟示出來。

宗教（耶教、邪教）的研究

三十年前，我為《博益月刊》寫專欄，以研究《聖經．舊約》為題，寫了《舊約啟示錄》，後來結集成書。

內容是以懷疑論者的身份，對《舊約》產生的疑惑處提問，及附上合理的猜度。因而要看有關的中英文書籍甚多，尤其是解釋經文的。愈看便發覺愈多疑點——自相矛盾、自說自話、套套邏輯的，我都一一記下來。

張藹維為我造像（油畫）

後來我又成為了「不可知論者」，發現此教中更多地方犯駁、不合邏輯的說法。我始知道：宗教是信仰。信仰不在乎合人世間邏輯與否的。話雖如此，我仍有興趣認識宗教上的一切。我佩服道理，不相信神蹟。

我的閱讀範圍由此伸延到神話學、宗教學、神學、社會宗教學等地方。學問無涯無止，真是趣味橫生。

我自少都不重視考試範圍內的知識，只愛不用考試的知識。研究都是非學術性的，只是以滿足平民老百姓的好奇為主。之前已著有《基督解密》、《大話基督》、《笑話基督》，現正搜集資料寫《閒話基督》。

中外古今世上有幾千幾萬種邪教（不導人向善的信仰）。為甚麼會有這麼多？又為甚麼有機緣出現？為甚麼有吸引力，使某些人相信並甘心奉獻財產、生命呢？各種「邪教」必有其吸引信眾的魅力、迷力，此乃研究的核心，知道答案的話可以避去邪也。言者如「摩門教」、「信望台」，為何新、舊基督均教視之為「異端邪說」？為甚麼「東方閃電」、「奧姆真理教」等宗教是邪惡的？他們做過甚麼惡事？神棍又如何利用邪教來牟利？真是十分有趣味的知識。

《哈利波特》迷

英婦羅霖（J. K. Rowling）的大作《哈利波特》（*Harry Potter*）七集及其他附屬書籍，包括台譯版、大陸譯版、英文原文、部份有聲書等，我都看過，並且做了筆記，將書內的凱爾特（Celtic）神話及幻獸來源一一調查研究。因為這套小說引用的文化底蘊太多，學之不盡。後來，發現同路者不乏人，英國、美國等各國研究者都有。

荷里活所拍製的電影版將幻想具體化了，好看。

尊子畫我的漫畫

在英倫旅行時，就住於九又四分之三月台的火車站附近，天天都見書迷到此「朝聖」。《哈利波特》七本小說中蘊含的課外知識甚多，哲理也多。它是英文文化區的兒童恩物，大中華區兒童及有童心的同志不可錯過。

神秘學、怪獸、巫術

我想，唐人喜愛神秘學（Occultism）的人不多。其實，中國的神秘學無處不在，是我們日常常見的。例如：風水學（堪輿學）、命運、相學、解夢、測字、扶乩，以至占卜求籤都是呀！年年去車公廟求籤，便是中國的一種「神秘學」了。這些古代承傳下來的智慧，都是超自然力量之一種。無怪乎一神教絕對不贊成一切中國方術，因為那些是神秘學呀。記得有一次到訪老朋友的舊書店，見到有幾本甲骨文研究的大型書籍，書封被利刀大力的割了幾下，從刀痕可見其粗暴程度。詢之，原來是一位學者過身之後，其妻送來的。用刀削書頁，只因為她們一班基督新教教友痛恨甲骨文。甲骨文是當時問卜後卜辭的書寫文字，新教基要派認為中國的天「從問卜指示人，乃魔鬼所為」，故將痛恨魔鬼的心情發洩在研究甲骨文的書籍上。這種事情，我幾世也料不到呀！

當今還有多少位「風水佬」懂《易經》呢？《易經》乃中國百經之首，幸好台灣及中國大陸還有人細心研究，出版了多本書籍，真是獲益良多。

西方的神秘學更為複雜，我主要看「巫術」、「魔法」兩類的相關書籍。巫，本源是為天、人之間溝通的人。《金枝》（*The Golden Bough*）一書，已經將巫之起源、神的起源說過了。巫並不可怕，不能視之為邪人及邪物，可能是人類藥物、醫學療法、家居安全常識、日常生活智慧等等的創造者。中外的「巫」，皆擁有超自然能力，很神秘，不能以科學方法解釋得到。人們除了相信之外，多無法證實，因為是信仰與否的問題。

魔法分白魔法、黑魔法兩類。白者，主要是防範黑魔法，或追求好運的方法。黑魔法則一定是害人的法術。西方人多相信「巫」與「魔法」的。沉迷者，我們可以謂之迷信。

迷信是人類有史以來最難明白的心理，是神秘學值得研究的地方。我認為窮一生的力量亦不能了解，而且很易入迷。

另外，可以看看中外的「神棍」、「老千」的真面目，他們皆藉着世人的迷信心理而騙財騙色，這反映出人類愚昧的一面，是很值得探討的。

我喜愛研究的尚有中外古今的怪獸和幻獸。如《山海經》記載的奇獸，有些基本上不可能存在的。牠們一定是透過人類的想像力，才會構成這些奇形怪狀。從中可以看到當時、當地人們的想像和期望。

中外怪獸、幻獸的名稱夠多夠怪，然而古人能一一記住。傳說呼喚牠們的名字，可免被噬之災。每一隻獸皆有一個故事，猶如神話裏的「神」，背後必定有其歷史故事，都是很有趣味的。現代上課，老師不准說課本以外的題外話（不知老師有否材料講），乃是一大損失呀！很多中外神話，我都在課室及收音機聽來的，引動着我們探索精神呢！

編劇及教學

二零零二年起，中大傳理學院的李少南教授邀請我在中大開設一科「編劇」課，只教秋季一學期，大約十三週，每週三小時。我希望學生在短短十三週內能學到編劇的基本功和戲劇的基本結構，希望他們有此「底蘊」，將來可以得到投資者的青眼，加入編導行列。最怕「未學行，先學走」，好高騖遠，以為可以一步上青天當「藝術大師」！

每課我都會「拉片子」，即放映有基本結構的電影和電視劇。例如用《無間道》講起承轉合的分段；以《羅生門》講人物性格的佈置；以《執到寶》講電視連續劇的寫法，也講處境喜劇及黑色幽默；還有藉《胭脂扣》講愛情小說的佈局、性格的悲劇等等。

從零三年至今，我也在浸大電影學院教授藝

教授編劇課

術創作碩士（MFA）的課，班上愈來愈多內地留學生，他們很多從來未看過黑澤明、胡金銓、李翰祥的電影，遑論費穆、陶秦、秦劍的了。除介紹基本功外，希望他們可得一技之長，回內地謀生（的確很多學生都入了行）。但也有一些是「創造派」，走個人風格路線的學生。

近五年，我又應老朋友樹仁大學新聞與傳播學系主任梁天偉所邀，兼任教授編劇課，亦是秉此原則。之前，我亦教過港大通識課，皆講神話、神秘學、怪獸學等。曾有人反對我講「養鬼仔」（控靈術的一種），恐怕是邪道了。「養鬼仔」、「下降頭」、「種生基」……以至很多神棍的偽言論，都是虛假的。這些神秘方術，揭穿它們反而是有益世道人心的。可惜一般人不理解，不能視之為民俗學內容來學習，沒

參加浸會大學畢業典禮，第一次穿大學袍。

辦法。教學的感人處，是數堂課下來，仍有廿多人上堂，多數是下午五時後從沙宣道下課而來的醫學院學生。這些精英真有好奇心呢！

我曾在中大聯合書院的武俠小說賞析課，介紹何謂「小寶神功」，也到過廈門大學講課。

澳門望德堂區創意產業促進會，開辦了數年「馬交影藝新思維」，請我及陳麗英導演辦學習班。課程分為編劇、導演、攝影、演藝四班，宗旨是為澳門影視播下種子。五年來，當然不乏好作品。

特首在多年前欲振興影視工業，我認為必先做好創作。朋友請我寫下意見，提交香港藝術發展局申請了資金，並借助香港青年協會賽馬會 Media 21 媒體空間舉辦培訓班，這就是「編劇大師接班人」課程的起源了。我將講課、導修和單對單指導這三部份合成一年課程，請編劇界知名人士協助教授。現在第二屆已完結，培訓了多人入行。第三屆現正籌備。

在香港影視業過去的輝煌時期，多家電影公司、電視台均舉辦「職業專修班」，人才輩出。可是，做老闆的一來自私成性，二來不重視創作，以為訓練只不過是「為他人作嫁衣裳」。今天影視工業殘廢，早有因由。

我教授不少編劇及創作訓練課，都是先指導學生「基

在北京電影學院授課

本戲劇結構」，等同當建築師要先學畫則，然後才打樁、倒上混凝土、建牆、間房，最後才去陳設。否則，空有佳句而沒有佳章。香港影視作品佳句甚多，結構緊密的少，即使是大導演作品亦然。基本結構是可教的，但細節處，便需要有天分的人，憑其悟性、敏銳的觀察而加進去。

我應用之「金句」有：

我們不靠靈感，我們靠敏感。
要常做生活札記，凡有所觸的人、事、物都立刻記錄下來，將來有用。
世事洞明皆學問、人情練達即文章。
從生活中來，高於生活。
人物性格發展劇情。

《講東講西》各朋友

上文已提到廣播處長張敏儀在香港電台開設了《講東講西》這節目，在第二台星期日上午播出。之後，陶傑被商台挖走，當時有人以為可「收檔」（結束節目）了。幸好，助理廣播處長邵盧善先生認為可持續下去，但缺少了主角，怎樣佈陣？

榮獲「最受歡迎香港電台節目主持人」獎（2018）

之前的張小嫻也離開了。這時認識了陶傑的朋友丘世文，他乃香港文化人，在麗的電視台掌管人事部，也是香港有牌照的會計師。他好讀書，見聞廣，在家中常設「文化沙龍」，招呼文化界好友，其中有文潔華教授，於是我一併邀請兩位加入。可惜，後來丘君患腦癌離開大家了。

我又請了建築師何弢，但是他妻子不太喜歡丈夫在

與香港電台 DJ、樂壇教父 Uncle Ray 合照。

週日早上（崇拜日）去播音，於是改為請王一平牧師代他。雖然如此，何弢還是愛廣播的；在二零零三年前，他常與我在上海越洋廣播。不久，他中風致半身不遂了，在家休養。二零一九年三月二十九日，何弢病故。

我又找來了哲學系師兄岑家師（山今老人岑逸飛），馬師曾、紅線女兒子軍事專家馬鼎盛，還有浸大電影學院的盧偉力博士，無綫資深編審、文化評論人、賽馬節目主持人、中大社會系一級名譽畢業生馬恩賜（原名馮志強），及國際知名服裝設計家鄧達智加盟。由何重恩推薦再加入港台第一台，節目逢週一至週五晚上十一時至清晨一時廣播。

我給予的「招牌」金句是：

從現象看本質。

態度是：生鬼、誠實、博學、持平。最重要「生鬼」，夜麻麻誰來聽理論？想聽的是新知、故事、見解耳。

到今日為止，節目仍然保有眾多聽眾群，包括國內翻牆客，和世界各地華人。

至於我在無綫的《犀牛俱樂部》（二零零零）及亞視的《班馬在線》（二零零七）兩個節目，都是按BBC的取勝之道——集娛樂、資訊、教育三任務於一身而做的，也有人擁護。

出版著作

以下是我由一九八四至二零一九年出版之作品一覽表，並附有出版社及書籍類別，供讀者參考。

我喜歡的項目多，可謂「雜家」，原因是「不愛課本，只求知識。」而且，要一世寫作，必定要靠多點資料。我的老師梁小中和偶像高雄（三蘇）都是「大雜家」。

我最喜歡的一本，乃是《小寶神功語錄》，取材於九十年代所有出版書籍之中的「名句」以及生活札記。節錄如下：

我喜歡的名句

#《西遊記》八十一回：遇方便時行方便，得饒人處且饒人。

攝於丁酉齋中

#《論語》：己所不欲，勿施於人。

小寶神功語錄

智慧篇

#切勿輕易發怒，發怒時不只失言，還會失態，最終會失敗。

#要有從別人的角度回觀事件的能力。

#不可從幻想進而迷信。

#忍受別人毫無理由的謾罵而無動於衷，是一門絕學。

#能夠饒恕別人，一定要練習甚麼事都從好處去想。

#好消息替人傳開去；壞消息盡快忘記，更不好多傳一個人。

#人誰無過？有人去批評，有人來指責，即代表有人關心，有人看不過眼。

#清高並不是嫌惡利益，而是不貪婪屬於自己的利益。

#「六不」戒條：不驕不躁；不亢不卑；不要功；不埋怨。

#人的弱點有六：一、貪心；二、色心；三、虛榮心；四、自卑心；五、自信心；六、同情心。騙子都是看準這「六心」才下手的。

#做朋友處處要猜度，又要別人先付感情，是很吃力的交往。

#我們的弱點，就是長年累月牢記別人日常的壞處、短處、過失，卻忽視別人的好處、優點、功勞。

人生篇

#往往真實感情被看成天真爛漫，幼稚可笑；深謀遠慮，詭猾奸詐就被看成認真謹慎，可笑不可笑由你。

#隨和而不隨便，講事實而不講是非，知足而不滿足。

#美麗的東西是對人有利的，醜陋的東西是對人有害的，都是與生俱來的錯覺。

#害怕孤獨的人，必定不快樂；快樂的人，不愁孤獨。

情愛篇

#女人情緒化的時候，大都忘卻尊貴的身份。

#女人心中的怨恨，是天下間最難化解的物體，濃酸都不可以化解萬分之一。

愛犬，左起：Tea、Coffee、妹妹。

#不需視愛情為美夢，宜視愛情為責任。

#愛情與世界其他物質一樣是不可以「私有化」的。

#男人的氣質視乎他有沒有：一、霸氣；二、大氣；三、帥氣。霸氣：不怒而威；大氣：氣概宏大；帥氣：清爽伶俐。

#少女們都喜歡幽默、有趣、活潑的小夥子？所有的小夥子都喜歡爽直、活潑的女孩子。扮文藝腔，憂鬱小生、小姐的，過時了。

#感情是最奇妙的東西，偶然，會莫名其妙地喜歡某個異性，請勿過於縱容自己，未必是你的真正愛情，讓時間及理智冷卻你的心。

謀略篇

#不可縱容自己的權力。當權力無界限、無止境的伸延，必走向滅亡。

#作為一個成功的領導者，必有超人的智慧、量度與分析明辨能力。他能夠清楚了解到朋友的才能品格，亦能有自知的智慧。每當「利益」光臨：一、看清楚是否真正利益；二、計算付出多少代價來獲取這利益；衡量這利益的持久性。

#友情若是建築在利益之上，而不是建築在交情之上，這種友情脆弱不堪，隨風搖擺。

#被人取笑其實很是有利。別人找出你的缺點而取笑，甚有可能忽略你的優點。他不知道你的優點，

很難防禦你的進攻。

#別人在最難過、最失意、最受人輕視遺棄的時候，給予同情、安慰、幫助是最難令人忘記的。

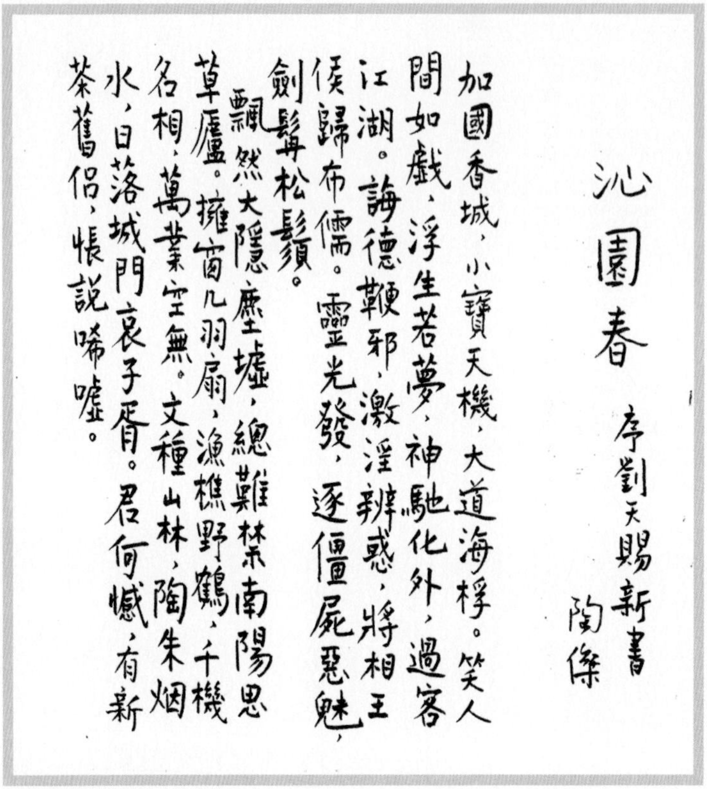

沁園春 序劉天賜新書 陶傑
加國香城、小寶天機、大道海桴。笑人間如戲、浮生若夢、神馳化外、過客江湖。誨德鞭邪、激淫辨惑、將相王侯歸布儒。靈光發、逐僵屍惡魅、劍髯松鬚。
飄然大隱塵墟、總難禁南陽思草廬。擁窗几羽扇、漁樵野鶴、千機名相、萬葉空無。文種山林、陶朱烟水、日落城門哀子胥。君何憾、有新茶舊侶、帳說唏噓。

陶傑書《沁園春》

歷年著作

《妖精鬼怪圖說》，天地圖書版
《食胡》，十六章麻雀戰略，博益「火花叢書」版、一本堂版
《小寶神功》，生活哲學，博益版、博益「發功」版、台灣遠流版、次文化堂版
《韋小寶神功》，生活哲學，台灣遠景版
《處世金鐘罩》，生活哲學，博益版、博益「發功」版、次文化堂版
《三國啟示錄》，實用處世，天地圖書版、次文化堂版
《水滸啟示錄》，實用處世，天地圖書版
《舊約啟示錄》，神學研究，博益版，博益「發功」版，次文化堂版
《蓋世神功》，實用處世，天地圖書版，次文化堂版
《提防電視》，回憶錄，天地圖書版
《天賜良朋》，訪問錄，天地圖書版
《良朋無價》，訪問錄，天地圖書版
《情慾常識》，情色札記，天地圖書版
《小寶神功語錄》，語錄，次文化堂版
《完全不正經》，散文，天地圖書版

《一本不正經》，散文，博益版
《人間尤物》，情色文學，創建文庫版，次文化堂版、天地圖書版
《電視風雲二十年》，回憶錄，博益版
《亂世備忘手冊》，實用處世，天地圖書版
《後亂世啟示錄》，實用處世，天地圖書版
《指東講西》，通識，天地圖書版
《三顧草廬》，漫畫故事編劇，文化傳信版、新加坡版
《武俠編劇秘笈》，編劇學，次文化堂版
《香港老照片（一）》（合寫），圖片解說，天地圖書版
《提防考起》，通識，天地圖書版、次文化堂版
《三國勝經》，實用處世，天地圖書版
《編劇秘笈》，21 世紀編劇學，博益版，次文化堂版
《駭客》，小說，天地圖書版
《妖精鬼怪》，魔怪學研究，天地圖書版
《哈利波特與中國魔法》，魔怪學研究，次文化堂版、台灣版
《講東講西之一》，電台播音結集編（合寫），次文化堂版
《講東講西之二》，電台播音結集編（合寫），次文化堂版

《建華之賜，特區魔鬼詞典》，諷刺短句，次文化堂版
《旅途説書人》，旅遊文化，茶杯版
《殭屍與吸血鬼》，鬼文化研究，香港商務印書館版
《斑馬在線》，文化通識（合寫），CUP版
《我愛怪力亂神——進入子不語世界的八達通》，神秘文化研究，次文化堂版
《紅塵妖姬》，「人間尤物」續集，次文化堂版
《基督解密》，基督教研究，次文化堂版
《不用腦年代》，散文，CUP版
《大話基督》，宗教研究，次文化堂版
《情慾通識》，情色札記，快樂書房版
《真的假不了》，電視回憶，快樂書房版
《地獄詞典》，宗教研究，CUP版
《編劇秘笈廿一世紀升級版》，次文化堂版
《天賜玄機》，神秘文化研究，快樂書房
《霸權啟示錄》，歷史通識，次文化堂版
《神棍通識》，偽方術研究，次文化堂版
《亂世神功》，歷史通識，快樂書房版

《笑話基督》，宗教研究，次文化堂版
《神女．花街——嫖文化》，快樂書房版
《奇謀啟示錄》，歷史通識，次文化堂版
《提防再考起》，通識，次文化堂版
《通識方法論》，通識，次文化堂版
《老千通識》，欺詐之揭露，次文化堂版
《往事煙花》，回憶錄，大山文化版

天地 www.cosmosbooks.com.hk

書　　名　賜官馳騁縱橫五十年
作　　者　劉天賜
文稿整理　鄺志康
責任編輯　林苑鶯
封面設計　郭志民
出　　版　天地圖書有限公司
香港皇后大道東109-115號
智群商業中心15字樓（總寫字樓）
電話：2528 3671　傳真：2865 2609
香港灣仔莊士敦道30號地庫／1樓（門市部）
電話：2865 0708　傳真：2861 1541
印　　刷　美雅印刷製本有限公司
香港九龍觀塘榮業街 6 號海濱工業大廈4字樓A室
電話：2342 0109　傳真：2790 3614
發　　行　香港聯合書刊物流有限公司
香港新界大埔汀麗路36號中華商務印刷大廈3字樓
電話：2150 2100　傳真：2407 3062
出版日期　2019年7月／初版